로크미디어가
유혹하는
재미있는 세상

ROK
MEDIA
로크미디어

AMERICAN DREAM

아메리칸 드림

아메리칸드림 3

2015년 5월 13일 초판 1쇄 인쇄
2015년 5월 18일 초판 1쇄 발행

지은이 금선
발행인 이종주

기획 팀 이주헌 이기헌
책임 편집 이정규

발행처 (주)로크미디어
출판등록 2003년 3월 24일
주소 서울시 용산구 원효로97길 46 5층
Tel (02)3273-5135 **Fax** (02)3273-5134
홈페이지 rokmedia.com **E-mail** rokmedia@empas.com

© 금선, 2015

값 8,000원

ISBN 979-11-255-8803-0 (3권)
ISBN 979-11-255-8800-9 04810 (세트)

아메리칸 드림

| 금선 장편소설 |

ROK
MEDIA
로크미디어

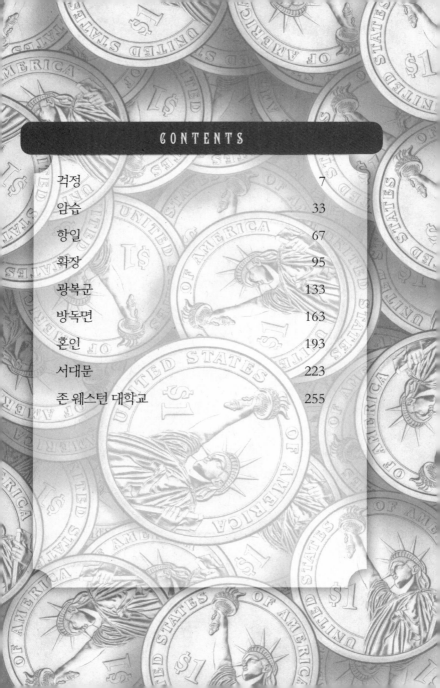

CONTENTS

걱정

캐나다가 러시아와 협상해서 사할린을 양도받을 때 북사할린이라고 명시하지 않고 사할린이라고만 명시했는데, 이것은 대찬이 원한 것이기도 했다. ˙

러일전쟁에서 러시아가 지고 포츠머스 강화로 인해서 북위 50도 밑으로는 일본에 할양하였는데, 절반인 그 위로만 러시아 땅이었고 양도할 수 있는 것이었다. 하지만 대찬은 사할린으로만 표기하길 원했는데, 그렇게 함으로써 나중에 일본이 패망하였을 때 사할린 전체를 집어삼킬 수 있을 것이라고 생각한 것이다.

'다시 러시아(소련)로 귀속되니까……'

결국 개발할 수 있는 곳은 사할린 북쪽뿐이었다.

먼저 퀸샬럿 제도에 항구를 만들기 시작했다. 우선 한 척이라도 정박할 수 있는 부두를 급하게 만들었는데, 사할린으로 가서 항구를 만들 물자와 인력을 보내야 했기 때문이었다.

'하루 이틀 만에 뚝딱 만들 수 있는 게 아닌데 마음이 급하네.'

해야 할 일이 많은 상황에서 더디기만 한 진행이 마음에 들지 않았다.

"어휴."

한숨을 내쉬고 소파에 깊숙이 몸을 묻었다.

"복잡해……."

'사할린 일은 어찌 되든 그대로 진행될 것인데…….'

대찬이 현재 사할린과의 연결을 통해서 얻고자 하는 목표는 광복군과의 원활한 소통과 지원이었다. 연결만 된다면 소통에는 문제가 없을 것이지만, 지원, 특히 무기 부분은 힘들었다.

'일본이 문제야.'

금전, 식량 이런 것들은 문제도 되지 않고 신경도 쓰지 않을 것이다. 하지만 대량의 무기가 사할린으로 보내진다면 그때부터는 일본이 가만 보고 있지 않을 것이다.

더군다나 열강들의 외교 관계가 일본에 상당히 우호적이거나 동맹을 맺은 상태였다.

'그리고 비행기나 군함을 만들더라도 제대로 된 무기가 없으면 무용지물인데…….'

아메리칸
드림

미국은 일본의 눈치 때문인지 록펠러 가문과 연계해서 사업을 운영하라고 했었다. 무기 개발을 할 수가 없는 상황이었다.

'만약에 무기 개발을 시작하면 지금까지 좋았던 관계도 틀어질 수 있다.'

에릭을 통해서 대찬이 원하는 바가 분명히 정부에 보고되었을 것이라 생각했다. 그렇다면 대찬을 지원해서 만들어 줄 수도 있지만, 일본도 만만치 않은 국가인지라 미국이 전쟁을 하기로 마음먹지 않는 이상 가능성은 없었다.

'채텀제도가 딱인데!'

눈치 보지 않고 마음껏 연구, 개발할 곳이 필요했다.

"그런데 뎁스 씨는 왜 이리 연락이 없는 거야?"

의사를 물어본 다음 답을 준다고 했던 것이 감감무소식이었다.

♠

최근 눈에 띄게 바뀐 것이 있다면 사회주의 집회가 매일 열린다는 것이다. 차량으로 이동할 때 심하게 방해가 되었기 때문에 가능하다면 호텔을 가지 않았는데, 만나야 될 손님이 있기 때문에 가야 했다.

복장을 제대로 갖추고 출발하기 위해 현관에 서자 엠마가 배웅을 나왔다.

"다녀오세요."

"고마워요. 다녀올게요."

"엣헴."

묘한 분위기를 풍기는 두 사람을 보며 길현은 헛기침을 하며 눈치를 줬다.

"작은아버지, 다녀오겠습니다."

대기하고 있는 차에 타자 평소라면 같이 움직였을 길현은 남아 있었고 지번과 주영이 탔다. 이는 적극적으로 두 사람을 성장시키기 위함이었다.

일이 많아지면서 준명은 동부로 가 있었고, 길현과 인수는 정부와 정치인들을 만나 교분을 나누기에도 시간이 모자랐다. 결국 철영 혼자 대찬을 도우며 그 많은 일을 담당하고 있었지는데, 두 사람 중 한 명이라도 일을 하지 못하는 상황이 온다면 업무가 마비될 수도 있었다.

'생각만 해도 끔찍하네.'

애써 일어나지 않은 일에 대한 상상을 떨쳐 냈다.

"갑자기 연락이 왔다고요?"

"그렇습니다."

호텔로 가는 이유는 리 드 포리스트를 만나기 위해서였다.

라디오를 만들어야겠다는 생각을 했었을 당시 영입 제의를 했지만 응답하지 않아 포기하고 있었다. 그런데 급하게 연락이 와서 만났으면 좋겠다고 해서 대찬은 만나 보기로 결정했다.

차량이 호텔로 가기 위해 광장으로 들어섰는데, 집회는 오늘도 계속되고 있었다.

사람이 많아 천천히 움직일 수밖에 없었고 조금 시간이 걸렸지만 무사히 빠져나와 호텔로 향했다.

운집해 있는 사람들 속에서 한 사내가 고개를 끄덕이며 차를 확인하고 움직이기 시작했다.

"오랜만입니다."

"네, 오랜만입니다. 연락 주셔서 깜짝 놀랐습니다."

"하하, 그렇습니까? 시간이 너무 많이 지나긴 했군요."

"그런데 무슨 일이에요?"

포리스트는 잠시 숨을 고른 후 말했다.

"아직까지 그 제안이 유효한지 알고 싶습니다."

"제안요? 글쎄요. 잘 생각이 나지 않네요."

"이런……."

포리스트는 당황한 모습이 역력했다. 대찬은 시간이 훌쩍 지난 지금 제안을 했다는 것만 기억했지 자세히는 생각나지 않았다. 그러다 작성해 놓은 서류가 있다는 생각이 들어 주변에 있는 주영을 슬쩍 쳐다보자 준비가 되었는지 서류를 건네주었다.

"흠, 소송에 대한 정리와 회사를 만들게 되었을 때 지분은 절반씩, 전폭적인 지원을 약속했었네요."

"네, 네, 맞습니다."

"아직 유효합니다."

그제야 마음이 편해졌는지 표정이 한결 가벼워졌다.

"그런데 무슨 일이에요?"

"아, 사실……."

포리스트는 소송이 들어왔을 때 자신이 이길 자신이 충분했다. 하지만 오페라 방송이 도산해 자금이 충분하지 않았던 상황이었고, 이길 것이라고 확신했던 소송의 분위기가 이상하게 바뀌는 것에 위기감을 느꼈던 것이다.

"그때 제가 생각나셨나 보네요?"

"미안하지만 그렇습니다."

'괘씸하기는 하지만 그래도 받아 줘야겠지?'

위기 상황에서 자신이 생각났다는 말에 괘씸하다는 생각이 들었지만 한편으로는 격세지감을 느꼈다.

'구원을 받아야만 했던 처지에서 이제는 남을 구원할 수도 있다니.'

"좋습니다. 계약하시겠어요?"

"물론입니다."

이야기를 듣고 있던 주영은 자리에 일어나 변호사를 호출하기 위해 전화를 걸었다.

아메리칸
드림

"그런데 요즘 연구하는 것은 뭔가요?"

"토키입니다."

"토키? 그게 뭔가요?"

"현재 무성영화가 주를 이루고 있지 않습니까? 영상과 음향이 같이 나올 수 있게 유성영화를 만들려고 연구하고 있습니다."

"그럼 무선 쪽은?"

"연구를 계속하고는 있지만 이번에 의욕을 많이 잃어버려서……."

"그렇군요."

'영화가 돈이 되는 산업이기는 하지만…….'

라디오 방송국을 만들어 미디어 계통을 선점하려고 생각하고 있었다. 하지만 포리스트는 유성영화를 개발하고 있다고 해 상황이 난감하게 되었다.

"제가 원하는 것은 라디오와 방송을 할 수 있는 기술입니다."

"그 부분은 걱정하지 않으셔도 됩니다."

포리스트는 이미 경험해 본 일이라 자신감을 보였다. 대찬은 그런 모습에 걱정을 덜 수 있었고 변호사가 오기 전까지 유성영화에 대해서 이야기를 나눴다.

꼼꼼하게 확인하고 계약서에 서명하자 서로 만족스러운 미소를 보였다.

"지번 씨, 작은아버지에게 연락해서 포리스트 씨의 소송

방향을 유리하게 바꿔 달라고 전해 주세요."

"알겠습니다."

한국어로 말했기 때문에 포리스트는 눈만 끔벅였다.

"아, 지금 진행되고 있는 소송에 대해서 유리한 방향으로
바꿀 것을 지시했습니다."

"감사합니다."

"별말씀을요. 그럼 먼저 라디오 방송국부터 만들어 보시
겠습니까?"

"그러도록 하죠."

"그럼 여기 있는 주영 씨와 상의하시길 바랍니다."

대찬은 일을 배분해 주고 커피 한 잔이 생각나 호텔 로비
로 이동했다.

"음, 맛 좋고."

여유롭게 커피를 즐기고 있는 대찬 앞으로 사내가 다가섰다.

정체모를 인물이 다가서자 주변을 경호하던 광복군들 바
짝 긴장하기 시작했다.

"존 D. 강 씨 되십니까?"

"맞습니다."

"반갑습니다. 저는 윌리엄 T. 탤봇이라고 합니다. 잠시 실
례해도 되겠습니까?"

자신을 소개한 사내는 정중하게 대찬에게 대화를 요청했

다. 흔하지 않는 일이기에 대찬은 흥미가 동하여 고개를 끄덕여 허락했다.

"소중한 시간을 내주셔서 감사합니다."

"괜찮습니다."

"저는 사회주의 노동당에서 활동하고 있습니다."

대찬은 깜짝 놀랐다. 자본주의의 대표라고 할 수 있는 사람이 대찬이었는데 사회주의를 신봉하는 사람이 먼저 말을 건네 왔기 때문이었다.

"의외네요."

"확실히 저도 그렇게 생각합니다. 다만 궁금한 점이 있어서 이렇게 찾아왔습니다."

"그게 뭔가요?"

"아시다시피 노동 계층의 사람들은 매일같이 강도 높은 일을 하고 노동력을 제공하지만 정당한 대가를 받지 못하고 있습니다. 그런데 단 한 곳, 존 씨와 연관된 사업장만큼은 임금도 후한 편이고 노동시간을 8시간으로 정해 놓았더군요. 이유가 있습니까?"

사실 대찬은 미래에서 일하는 시간과 대가로 받는 시급이 정당하지 못하다는 생각을 하고 있었다. 1시간을 일해도 한 끼 식사를 해결하기에는 부족한 것을 보고 노동력 착취라고 생각했기 때문에, 회귀 이후에 많은 사람들의 반대가 있었지만 1시간을 일하면 한 끼의 식사를 해결할 수 있는 금액을 제공해야 한다는 본인의 지론을 펼쳤다. 그래서 월급이 후한 편이었다. 더군다나 좋은 방향으로 한인들의 위상을 올려야 하기에 자신의 밑에서 일하는 타민족들이 한인에게 호감을 갖게 하기 위한 작업의 일종이기도 했다. 많은 사람들이 바보 같은 짓이라며 비하했지만 대찬은 전혀 개의치 않았다.

"제 지론입니다."

"지론요? 실례가 되지 않는다면 답해 주지 않으시겠습니까?"

"1시간을 일하면 한 끼의 식사를 하기에 정당하다고 생각합니다."

"그렇다면 하루 8시간의 노동은 왜 그렇습니까?"

"인간답게 살게 해 주려는 겁니다."

"인간답게라……."

"사람은 하루 8시간 정도 잡니다. 그럼 16시간 남는데, 8시간 일하면 나머지 8시간이 남지요. 그 8시간이 중요한 겁니다."

"왜 그렇지요?"

"나머지 시간은 각자가 쪼개서 삶을 살아가기 때문이지요."

"그렇군요. 인간답게 살기 위해서……."

"답변이 되었는지 모르겠네요."

"충분합니다. 그럼 마지막으로 사회주의사상은 어떻게 생각하십니까?"

대찬은 사회주의를 전적으로 신봉하고 있는 사람 앞에서

자신의 생각 그대로 내뱉기가 꺼려졌다.

"괜찮습니다. 편하게 말해 주세요."

"개인적으로는 부정적입니다. 여기까지만 답하겠습니다."

"이유를 물어도 될까요?"

곤란했다.

"미안합니다."

윌리엄은 고개를 끄덕였다.

"충분히 이해하고 있습니다. 개인적으로 궁금했습니다. 다른 사업체에서 일하는 노동자들은 참여를 하는데 유독 존 씨와 관계된 모든 사업체의 일꾼들은 관심을 주지 않더군요. 알고 보니 흑인들에게까지도 승진할 수 있는 기회를 제공하고 있더군요. 사회주의를 신봉하는 우리보다 먼저 기회의 평등을 제공하고 있는 사람이 궁금했습니다."

"능력이 있다면, 그리고 자격이 된다면 가질 수 있는 권리입니다."

"모든 상류층이 존 씨와 같은 생각을 한다면 사회주의가 탄생하지도 않았을 것 같군요. 즐거운 대화였습니다."

자리를 벗어나는 윌리엄을 보고 갑자기 존 F. 케네디가 생각났다. 미국의 35대 대통령이었는데 저격당해 숨졌다.

'가난한 나라에서 사회주의 혁명이 일어난다.'

이 사실을 깨닫고 케네디는 남북으로 갈라진 한국에서 남한이 공산혁명을 일으킬까 봐 엄청난 지원을 하고 민주주의

체제의 우월성을 입증하기 위해서 노력했었다.

'결국 사회주의는…….'

"가난과 노동력 착취에서 시작된 거였네."

당연하다고 생각했던 일이 남들에게는 비하와 웃음거리가 되었다는 사실이 이 시대를 반영해 주고 있었다.

"그리고 사회주의가 탄생했었기에……."

'미래에서는 당연하게 받아들인 노동법이 생긴 거야!'

대찬은 거대한 흐름 없이는 당연하게 생각하고 받아들였던 모든 것들이 존재하지 않을 수도 있다는 것을 깨달았다.

'사회주의는 자연스러운 물결이야. 그러니 자연스럽게 흘러가도록 해야지 내가 관여할 일이 절대 아니다.'

미래에서 왔기 때문에 정답이라고 생각했고 결과를 알았지만 꼭 한 번은 거쳐 가야 할 일이었다.

'그렇다면 결국 독립군에서도 사회주의자가 나올 것이고, 내부 분쟁도 어쩔 수 없다는 거네?'

갑자기 걱정이 많아지면서 인상이 찌푸려졌다.

'그래도 분단만은 안 돼!'

명환은 얼마 남지 않은 새해를 앞두고 자신이 가르치는 학생들에게 선물을 주고 싶었다. 무엇을 선물할지 고민하다가

책을 선물하기로 했다.

호놀룰루는 예전과는 달리 천지가 개벽할 정도로 변해 있었는데, 유동인구가 많아지니 장사를 하기 위해서 새로 지은 건물들이 많았다. 또 많은 사람들의 욕구를 충족시키기 위해서 다양한 상품들을 판매하고 있었다. 그중에는 하와이에서 제일 큰 서점도 있었다.

딸랑딸랑.

명환이 서점의 문을 열고 들어가자 손님을 반기는 종소리가 울렸다.

"어서 오세요."

"책을 구입하려고 하는데요."

"네, 찾으시는 게 뭐죠?"

명환은 과거에 자신이 재미있게 읽었던 책을 떠올렸다. 돼지가 세 마리 나와서 늑대에게 지혜롭고 용기 있게 맞서는 내용이었다. 하지만 책의 제목이 생각나지 않았다.

"그, 그……."

"……?"

"돼지고기 3인분 주세요."

"네?"

"……."

나철은 문과 병과丙科에 급제하여 승정원가주서承政院假注書
와 승문원권지부정자承文院權知副正字를 역임하였다. 그러다
일본의 침략이 심해지자 관직을 사임하고 호남 출신의 지사
志士들을 모아 1904년 유신회維新會라는 비밀단체를 조직하여
구국 운동을 하였다. 특히 일본으로 가서 구국을 위해 노력
하였으나 별다른 성과가 없었다.

이후에 을사늑약이 이루어지자 을사오적들을 처단하기 위
해 노력했다.

그러던 중 두일백이라는 노인이 나타나 단군교를 포교하
는 일을 사명으로 여기라는 가르침을 받게 되었고, 그 전에
의문의 노인에게 받았던 삼일신고三一神誥와 신사기神事紀를
바탕으로 열심히 포교 활동을 하게 되었다.

하지만 단군교의 이름을 빙자한 친일 분자들의 행각으로
인해, 원래의 명칭으로 환원한다는 의미와 함께 대종교로 이
름을 바꾸었다.

대종교는 의지할 곳 없는 한인들에게 큰 희망이 되었고 교
세 확장이 굉장히 빨랐다. 만주 북간도에 지사를 설치하였는
데, 최근 들어 본사를 이곳으로 옮겼다. 국내와 만주 전역에
포교 영역을 확장하기 위해서였다.

순종은 광복군 진영을 나와서 정처 없이 떠돌기 시작했다. 본인의 의지대로 국내를 돌아보기 위해서였지만 실상은 순종 자신도 건사하기 힘들 정도로 고달팠다. 그리고 언제나 조금만 걷다 보면 하얀 옷을 입은 채로 목 베여 있는 시체를 볼 수 있었다.

'어찌!'

참담한 광경을 본 순종은 생각보다 상황이 훨씬 심각하다는 것을 뼈저리게 깨달았다.

시체를 두고 그냥 떠날 수 없어 순종은 돌을 모아 돌무덤을 만들어 준 후에야 자리를 떠났다. 그렇게 한참을 걷다가 충격적인 장면을 목격했다.

"허, 허, 이런!"

작은 체구의 여러 시체들이 쓰레기처럼 너부러져 있었다.

"어찌 이럴 수 있단 말인가!"

순종은 분노를 주체하지 못해 온몸을 바르르 떨었다.

아이들의 시체를 한곳에 모아 다시 무덤을 만들기 시작했는데, 처음에는 분노 때문에 불같이 화를 내다가 무덤이 완성되어 갈수록 눈물로 바뀌어 나중에는 곡소리만 났다.

한참의 시간이 걸려 무덤이 완성되자 다시 길을 떠났는데 얼마 가지 못해 순종은 픽 쓰러졌다. 눈물을 너무 많이 흘려 탈진했던 것이다.

순종의 눈이 뜨였다.

익숙하지 않은 풍경에 놀란 것도 잠시, 옆에 앉아 있는 사람을 보고 안심할 수 있었다.

"일어나셨습니까?"

"그렇소. 여기는 어디요?"

"대종교 본사입니다."

"대종교?"

"그렇습니다. 한얼님의 인연이 닿아 여기로 모시게 되었습니다."

"고맙소."

순종은 자리에서 일어나 앉았다.

"좋은 일을 하셨더군요. 덕분에 지나다니는 행자들의 마음이 다치지 않을 것 같습니다."

"……해야 할 일을 했을 뿐이오."

"그렇습니까?"

"그 길에 또 다른 시체들이 있었소?"

"다행스럽게도 그곳이 마지막이었습니다."

순종은 창밖을 내다보며 안도의 한숨을 내쉬었다.

"앞으로 가실 곳이 있으십니까?"

"……없소."

"그렇다면 당분간 여기에 거하시는 게 어떨는지요?"

대답 대신 고개를 끄덕이는 것으로 긍정의 의사를 표했다.

혼인 날짜가 잡히면서 엠마에게 중요한 일이 생겼는데 그것은 집을 마련하는 일이었다.

지금 살고 있는 집도 충분히 좋았으나 대찬에게 허락을 구해 새로 지을 수 있었다. 특히 한인들과 접촉이 많아지면서 한옥에 대한 매력을 느꼈고 이에 색다른 생각을 하게 되었다.

그녀는 미국에서 건축가로 명성이 높고 한옥에도 조예가 깊은 프랭크에게 자신의 구상과 생각을 적어 편지로 보냈고, 곧 흥미를 보인 프랭크와 만날 수 있었다.

"그러니까 동서양의 건축 문화를 융합해서 건축양식은 한옥으로 하되 구조는 서양의 성처럼 만들자는 거지요?"

"맞아요. 특히 외형은 한옥 양식을 따라갔으면 좋겠어요."

"그렇다면 이렇게 말입니까?"

프랭크는 준비해 온 도화지에 연필로 순식간에 모양을 잡았다.

"음, 이게 아닌데요?"

생각했던 모양이 아니라 마치 탑을 쌓아 놓은 듯하자 난색을 표했다.

"잠깐만요."

엠마는 프랭크의 이해를 돕기 위해서 유럽의 성들 사진을 가지고 왔다. 그중에 몇 가지를 내밀며 말했다.

"이런 구조의 성들처럼 만들되 한옥 양식으로 보여야 돼요."

"흠, 연구를 해 봐야겠습니다. 그리고 시간이 굉장히 오래 걸릴 것 같습니다."

"어느 정도나?"

"한옥의 특징상 건물 하나 짓는 데도 1년 가까이 드는 경우가 있는데, 이렇게 큰 공사가 된다면 몇 년이 걸릴지 장담할 수 없습니다."

샌프란시스코에 가면 지진의 흔적은 너무 오래되었기 때문에 찾아볼 수 없었다. 그 이후로 수많은 건물들이 새로 지어져서 쉽게 생각하고 있던 엠마는 당황할 수밖에 없었다.

"그렇게 오래 걸려요?"

"벽돌이나 콘크리트로 만들어진 건물들은 빠르게 올라가지만, 한옥은 목재로 만들기에 워낙 준비 과정이 길어서……."

"음, 그럼 새로 지을 집도 목재가 아닌 벽돌이나 콘크리트로 만들면 되지 않을까요?"

프랭크는 신중하게 고민하기 시작했다. 한옥은 당연히 주춧돌을 깔고 목재를 잘 말려서 성형하고 짜 맞추는 것이라고만 생각했다.

'동서양의 퓨전식 건물이니 굳이 목재를 고집할 필요가 없기는 하지…….'

"한번 연구해 보겠습니다."

아메리칸
드림

"그렇게 만들면 시간이 얼마나 단축되나요?"

"1년 안팎으로 가능할 것 같습니다."

"그럼 부탁드려요."

엠마와의 짧은 만남은 프랭크를 수많은 영감 속으로 빠뜨려 사정없이 뒤흔들기 시작했다.

"고정관념을 가질 필요는 없다. 기존의 것을 재창조하는 거야!"

급하게 작업실로 돌아온 프랭크는 떠오른 모든 것들을 적고 그렸다.

드디어 사할린으로 배를 보낼 수 있는 상황이 되었지만, 배를 보낼 수 없었다. 이미 바다가 얼어 버렸기 때문이다. 결국 따뜻해지는 봄까지는 배를 띄울 수 없게 되었다.

"어휴."

어떻게 해서든지 광복군과의 연결점을 만들어 놓으려고 노력했던 결과가 외면받는 순간이었다.

"이러다 내가 말라 죽겠네……."

일본이 무슨 짓을 할지 모르기에 더더욱 걱정이 됐다.

"안 되겠어. 어차피 내년에도 똑같은 상황을 겪을 테니까 쇄빙선 기술을 구해 봐야겠어!"

미국이나 캐나다는 북극권에 닿아 있거나 포함되어 있기 때문에 쇄빙선 강국인 러시아가 아니더라도 충분히 기술을 가진 회사가 있을 것이라 판단해 알아보기 시작했다.

하지만 대찬의 기대는 처참하게 무너졌다. 러시아를 제외하고는 내빙선을 가지고 있을 뿐이었고 그나마 개발이 완료된 것은 스웨덴의 쇄빙선뿐이었다. 이 정보도 제임스를 졸라 간신히 얻을 수 있었다.

쉽게 기술을 얻을 수 없음을 알았기에 기대를 접고 조선 회사 설립을 서둘렀다. 퀸샬럿 제도에 배를 건조할 수 있는 장소를 찾고 조선 회사를 설립했다. 그리고 연구진을 모아서 쇄빙선의 개발을 지시했다.

"어휴, 쉽게 풀리는 일이 없네."

당장 필요한 것이었는데 막상 구할 방법이 없으니 답답했다.

따르릉.

"여보세요?"

ー손녀사위, 날세.

기분 좋은 음성은 우울한 대찬을 자극했다.

'타이밍 한번 기가 막히네.'

"무슨 일이세요?"

ー허허. 우리가 일이 있어야지만 통화하는 사이인가? 그저 예단이라는 것을 잘 받았다고 이 말하려고 전화했네.

"마음에 드세요?"

-무척 마음에 든다네. 그렇게 고급스러운 실크는 어디서 구한 건가?

한국에서 만들어 가져온 비단이 마음에 드는지 어디서 구할 수 있는지 물었다.

"한국에서 가져온 거예요."

-한국? 그럼 구하기 굉장히 어렵겠구먼.

"당연하죠. 한국에서도 구하기 힘든 물건인데요."

-그런데 중국의 최고급 실크와 한국의 실크는 무슨 차이가 있나?

"재료가 몇 배는 더 귀해요."

-많이 생산되지 않는 것 같구먼.

"워낙 귀해서요."

-그렇구먼. 그리고 선물을 받았으니 나도 선물을 하나 주겠네. 원하는 것이 있나?

"엠마는 록펠러 가문이죠?"

-맞네.

"그럼 이번에 구입해 가신 사할린 땅을 엠마 명의로 바꿔 주세요."

-허, 욕심이 너무 과한 것 아닌가?

"대신에 좋은 사업 하나 소개해 드릴게요."

-뭔가? 들어 보고 결정하겠네.

"최근에 가전제품들이 많이 개발되었는데요."

-가전제품? 냉장고 말인가?

"물론 냉장고도 포함되어 있죠."

-뭐? 냉매가 개발되었어?

'존 씨도 냉매 개발을 많이 기대하고 있나 보네.'

한 번도 대찬에게 냉매 개발을 물어보지 않아 별다른 관심이 없는 줄 알았지만 내심 존도 기대하고 있었다.

"안타깝게도 냉매는 개발되지 않았어요. 단지 대량생산이 가능하게 개량되었어요. 냄새도 상당히 줄었고요. 그리고 청소기랑 세탁기, 탈수기도요."

-청소기는 뭔가?

"바닥을 청소하는 기계예요. 먼지 같은 걸 빨아들여서 한결 편하게 청소할 수 있어요."

-세탁기는 알 것 같고 탈수기는?

"세탁하고 남은 물기를 제거해 줘요."

-흠, 많이 팔리기는 하겠구먼. 하지만 그것으로는 부족하다는 생각이 드네.

"그럼 군수 사업에 참여하시는 건 어때요?"

-이미 자네가 만들어서 팔고 있지 않나?

"그렇기는 하지만 여전히 공급이 부족하기도 하고 전쟁 때만 쓸 수 있는 것이 아니잖아요."

-예를 들어?

"야영 장비 같은 경우 사냥하는 사람들이 많으니 필요한 물건이 될 것이고요. 그 범위가 굉장히 넓어요. 의류부터 시작해서 편하게 쓸 수 있는 식기까지요."

군수 사업을 하고는 있지만 대표적으로 공급하고 있는 것은 전투식량을 제외하고는 단검, 침낭 등이었다. 필요한 모든 물품을 일일이 다 만들어서 팔 수도 없거니와 관리하기 벅차 비대하게 키우고 싶지 않았다.

"솔직하게 말씀드리는 건데요. 지금 공급하고 있는 물건들이 한 달에 최소 천만 달러 이상의 수익이 나요."

—허, 그렇게 수익이 큰가?

"네, 만약에 비행기까지 개발되어서 판매된다면 얼마나 많은 수익이 생길지 상상도 되지 않아요."

—하지만 사업을 지금 시작하기에는 너무 늦지 않았나 싶네만?

"저는 오히려 적기라는 생각이 드는데요?"

전쟁은 소강상태를 유지하고 있었지만, 소강상태라는 말이 무색하게 매일 많은 사람들이 죽어 나가고 있었다. 그만큼 필요한 사람의 숫자가 많아지고 있었고 새로 입대한 군인들에게 제공할 보급품은 꾸준히 필요했다.

—좋아, 그런데 이거는 너무 큰 사업인데 쉽게 정보를 제공해 주는 게 아닌가?

예전이었다면 어떻게 해서든 대찬 혼자서 독차지하려고 했을 터였다. 하지만 지금도 충분히 많은 수익을 올리고 있고 이제는 반대로 써야 될 곳을 찾고 있었다. 남들 눈에 튀어 보이지 않게 무던히 노력하는 것이다.

"너무 많은 수입이 생기면 좋지 않게 보일 것 같아서요."

-확실히 그렇구먼. 자네 입장에서는 많이 벌어도 문제일 거야.

"뭐, 그렇죠."

-좋아, 사할린의 땅은 전부 다 엠마에게 명의 이전을 하겠네.

"감사합니다."

-우리 사이에 무슨 그런 말을. 그나저나 결혼식은 다가오는 봄에 한다고?

"네."

-알겠네. 그럼 그때 보도록 하세. 일이 생기면 그 전에 볼 수도 있고.

"알겠습니다."

-그럼 이만 끊네.

장시간의 통화가 끝나고 대찬은 자신만 볼 수 있게 만들어 놓은 수첩을 꺼내 문구 하나에 줄을 쳤다.

"언제 이걸 다 하지?"

수첩에는 많은 것들이 빽빽이 적혀 있었다.

밖에서 사내가 눈을 고정하고 대찬의 저택을 주시하고 있었다. 잠시 후 감시하고 있는 방에서 불이 꺼지자 사내는 품 속에서 시계를 꺼내 들었고 이어서 종이를 꺼내 뭔가를 적기 시작했다.

아메리칸
드림

암습

전쟁 발발 당시만 하더라도 주요 참전 국가들은 전쟁이 길어 봐야 두세 달이면 끝날 것이라고 예상했다. 군부와 사회, 그리고 말단 병사들도 같은 생각을 하고 있었는데, 현실은 끝없는 시궁창이었다. 끝이 보이지 않는 지루한 전쟁과 참호전의 일상화에 병사들과 임관한 지 얼마 되지 않은 장교들은 자연스레 지쳐 갔다.

어느덧 1914년의 크리스마스가 찾아왔다.

예수교 문화인 유럽에서 크리스마스는 특별한 의미가 있었다. 그래서 웬만한 상태가 아니면 전쟁 중이더라도 부대 내에서 자그마한 행사 정도는 하는 게 관례였다.

참호에서 대치 중이던 양군 병사들은 서로 캐롤송을 부르며 조촐하게 행사를 치르다가 상대방 참호에서도 캐롤송을 부르는 것을 듣게 되었다. 그러자 독일군들이 먼저 참호 위에 촛불과 전등으로 장식된 작은 크리스마스트리들을 올려놓기 시작했고, 누군가가 용기를 내어 작은 크리스마스트리를 들고 참호 위로 올라갔다.

아무런 엄폐물도 없는 전선에서 맨몸으로 나타나는 건 자살행위이나 다름이 없었다. 그러나 전선에서는 총성이 울리지 않았다.

이것이 계기가 되어 양측의 수많은 병사들이 너도나도 참호 위로 올라왔다. 이윽고 그들은 서로 악수하고 포옹하며 담소를 나누고 크리스마스 선물을 교환했다.

선물이라고 해 봤자 서로의 부대 단추나 군모 등이었는데 전투식량을 선물받은 사람들은 한번 맛을 보고는 전투식량을 구하기 위해 애썼다.

전방의 소부대 지휘관들도 이런 분위기에 동참하여 상대방 지휘관과 만나 '신사 조약'을 맺고 당일 교전을 하지 않기로 했다. 그리고 참호 사이의 죽음의 땅에 버려져 있던 양군 시신들을 수습해 주었다.

시신들이 정리된 땅에서 축구장을 급조하여 팀을 나누어 같이 축구를 하고 나뒹굴었다. 경기 결과는 3 대 2로 영국이 독일에 역전패했는데, 영국은 이를 명백한 오프사이드였다고 주장했고 독일은 인정하지 않았다.

아메리칸
드림

해가 가라앉고 밤이 되자 이들은 같이 캐롤송을 부르고 전쟁이 끝나기를 다 같이 기도한 다음 각자의 참호로 돌아갔다.

크리스마스에는 오스만제국의 지배를 받는 전선을 제외하고는 많은 곳에서 휴전이 이루어졌고, 길게는 1915년 1월 1일까지 휴전 약속을 하는 곳도 있었다.

양측 군 수뇌부는 이 사건으로 발칵 뒤집어졌다. 이 사건을 이적 행위로 규정하고 주동자를 색출한다며 헌병대로 부대를 뒤집어 놓았고, 몇 명을 본보기로 처벌하는 등 극약 처방을 내놓았다.

그리고 적과 친해지는 상황을 막는다는 명목으로 참호에 배치되는 병사들의 전환 배치를 주기적으로 실시했는데, 참호에서 일정 기간 근무 후 후방으로 배치시켜 휴식 기간을 주는 방식이었다.

하지만 병력 부족과 함께 이런 전환 배치가 점점 늦어져서 병사들의 불만이 팽배했는데, 크리스마스 휴전 이후 실시된 전환 배치는 참호에서 후방으로 바꿔 주는 게 아니라 참호에서 다른 참호로 바꾸는 배치였다.

♦

12월 31일 대찬의 소유 호텔에서는 올해도 연말 파티가 성대하게 열렸다.

'작년에 좋은 기억이 있지.'

옆에서 찰싹 달라붙어 팔짱을 끼고 있는 엠마를 물끄러미 쳐다보았다. 시선을 느꼈는지 엠마는 눈이 살짝 커졌다.

"내 얼굴에 뭐가 묻었어요?"

"아니요."

"그럼 왜 그렇게 뚫어지게 봤어요?"

"흠, 흠, 예뻐서요."

대찬은 말을 내뱉고 딴청을 피웠고 엠마는 얼굴이 살짝 발그레해졌다.

두 사람이 한참 오붓한 분위기를 낼 때 주변에서는 여러 사람들이 대찬에게 집중하고 있었다. 그중에 한 사람이 용기가 생겼는지 대찬에게 말을 건넸다.

"실례하겠습니다. 존 D. 강 씨 되십니까?"

"맞습니다."

"아, 반갑습니다. 저는 요한 E. 브라운이라고 합니다."

"반갑습니다. 용무가 있으신가요?"

"혹시 전쟁 보급 물자의 공급이 부족하지 않으십니까?"

한참 분위기 좋은 연말 파티였기 때문에 미안한 마음이 든 대찬이 슬쩍 엠마를 보자 그녀는 괜찮다는 듯이 고개를 끄덕였다.

"말씀하세요."

"사업체를 하나 운영하고 있습니다. 제조하는 물건은 단

아메리칸
드림

검인데, 혹시 납품이 가능하겠습니까?"

현재 미국에서 군수물자를 가장 많이 수출하고 있는 것은 대찬의 회사였다. 전투식량이 대성공을 이뤄 내면서 덩달아 다른 물품들도 판매가 쉽게 이루어지고 있었다.

하지만 다른 사업체들은 대찬의 약진의 반사 작용인지 전쟁이 났음에도 불구하고 예상보다 매출이 많이 늘지 않았다.

"일단 제품의 품질을 봐야 알 수 있을 것 같습니다."

"그러면 지금 보여 드릴까요?"

"다시 약속을 잡고 자세한 이야기는 그때 하는 것을 좋을 것 같습니다."

대찬은 주변에서 대기하고 있던 지번에게 눈짓을 했다. 그러자 대찬을 대신해서 브라운과 미팅을 조율하기 시작했다.

이러한 모습을 본 사람들은 차례를 따져 가며 대거 대찬에게 접촉해 왔다.

사람들에게 한참을 시달리면서 곤란해지기 시작했다.

'큰일 났네. 엠마와 데이트하기 위해서 왔는데 이러다가는 끝이 없겠는데?'

짜증 나는 상황이었지만 대찬은 표정을 관리하면서 사람들을 일일이 상대해 주었다. 다가오는 사람들이 모두 다 백인들이었기 때문이었다.

'이걸 기분 좋게 생각해야 돼?'

확실히 작년과는 다른 상황에 좋은 기분이 반이었다. 하지만 도취되지 않고 오히려 더욱 행동거지를 조심했다.

'대선 앞둔 사람처럼 조심 또 조심.'

표면적으로 피부에 와 닿는 인종차별을 조금 걷어 내기는 했지만 항상 숨은 칼이 더 무서운 법이다. 대찬은 오히려 긴장하며 최대한 정중하기 위해 노력했다.

'미안하네.'

이야기하는 도중에 간간이 엠마를 쳐다보았다. 옆에 두고서도 전혀 신경을 써 줄 수 없었기 때문에 얼굴은 웃고 있었지만 미안한 마음이 생겼다.

그러다가 눈이 마주쳤는데 대찬이 잠깐씩 쳐다볼 때마다 어떻게 알았는지 눈을 똑바로 마주쳐 주면서 살며시 미소 지어 줬다.

간신히 사람들과 이야기를 끝내고 한숨 돌릴 수 있었는데, 마침 엠마는 그것을 알고 있었는지 물잔을 건네주었다.

"고마워요."

"별말씀을."

목을 축이자 굳었던 표정이 살아나기 시작했다.

"자, 가실까요?"

대찬은 손을 내밀며 에스코트를 청했다. 살짝 무릎을 굽히며 손을 잡고는 홀의 중앙으로 향했다.

중앙에 도착하자 호텔의 주인을 인식한 듯 춤출 수 있게 공간을 만들어 주었고 아름다운 선율을 타고 두 사람을 춤을

추기 시작했다.

"오늘은 다를 거예요."

무던히도 엠마의 발을 밟아 대던 대찬이었지만 지난 1년 동안 시간이 나는 대로 틈틈이 사교댄스를 배웠다. 자신감 있게 스텝을 밟아 갔지만 너무 잘하기 위해서 노력했던 것이 해가 되었는지 긴장해 있던 대찬은 올해 역시 엠마의 발을 밟고 말았다.

'이런……'

한순간의 실수로 크게 실망했다.

"괜찮아요."

엠마는 오히려 밝게 웃으며 대찬을 다독여 줬다.

"다음에는 나와 함께 연습해요."

두 사람의 춤이 끝나자 홀에는 박수 소리가 가득 울렸다. 그리고 잠시 후 새해를 알리는 카운트다운이 시작됐고, 숫자가 바뀌면서 함성소리로 가득 메워졌다.

"Happy new year!"

준명은 뉴욕에서 홀로 새해를 맞이했다.

"그냥 하와이로 돌아갈까?"

수출할 물자를 보관하는 창고를 관리하면서 매일 늦게까

지 일하는 것에 염증을 느끼고 있었다.

"대찬이 이놈은 사람 좀 충원해 달라고 그렇게 사정했는데 나 혼자 내팽개쳐 놓고 말이야."

혼자서 투덜거리며 퇴근하기 위해 뒷정리를 하고 있었다.

그때 창고가 있는 부지, 멀지 않은 곳에 불타는 십자가가 우뚝 서 있는 게 보였다.

"저건 또 뭐야?"

잠시 멍하니 보고 있었는데 곧 원뿔 모양의 복면을 하고 하얀색 옷을 입은 자들이 창고를 향해 뛰어오는 것이 보였다. 주변은 밤이라 칠흑같이 어두웠지만, 하얀색 옷을 입어서인지 불을 들고 달려오는 것을 볼 수 있었다.

"……!"

준명은 좋지 않은 일임을 직감하고 안전하다고 생각되는 은신처로 도망가기 시작했다.

평소에 대찬이 백인들의 위험성을 설명해 주면서 항상 피신처를 확보해 두라고 신신당부했기 때문에 준명은 창고 부지를 만들면서 비밀스럽게 아무도 모르는 은신처를 확보해 두었다. 그래서 재빠르게 발을 놀려 잡히지 않고 숨을 수 있었다.

곧 사방에서 시끄러운 소리가 들렸고 이내 창고에 불이 붙었다.

한참의 소란 후에 주변이 조용해졌지만 잔뜩 겁을 먹은 준명

아메리칸
드림

은 밖으로 나갈 수 없었고 뜬눈으로 밤을 지새우기 시작했다.

엠마와 함께 기분 좋게 새해를 맞이하고 집으로 돌아가고 있었다.

"언제 그렇게 준비했어요?"

"하, 하, 그게…… 아무튼 실패했네요. 결국 밟아 버렸어요."

"노력해 줘서 고마워요."

살짝 민망해진 대찬은 부끄러운 마음에 시선을 돌렸다.

차가 저택 앞에 섰고 대찬은 먼저 내려 엠마가 내리기 편하게 손을 내밀었다.

그때 차량 근처에서 검은 인영이 튀어나왔다.

"죽어!"

그는 손에 쥐고 있는 권총을 들어 대찬을 겨눴다.

"엠마!"

대찬은 총알이 날아올 방향을 순간적으로 예상하고 총알이 엠마에게 닿지 않도록 자신의 몸으로 가렸다.

탕 탕탕!

대찬을 보호하던 광복군이 총을 쏘기 전에 간발에 차로 괴한이 먼저 총을 쐈고 그대로 엠마를 가리고 있던 대찬의 등에 적중했다.

뉴욕에 있는 창고는 난리가 났다. 다행히 일이 많아 일찍 출근하는 사람들이 있었기에 어떻게든 불길을 잡아낼 수 있었지만 이미 많은 양의 물건들이 손상을 입었다. 긴장하며 숨어 있었던 준명은 익숙한 목소리가 들리자 그제야 안심하고 바깥으로 나올 수 있었다.

"준! 몸은 괜찮아? 이게 어떻게 된 거야?"

걱정스럽게 달려오는 사람은 준명의 안부를 물었고 상황이 왜 이렇게 되었는지 물었다.

"KKK……."

긴장감이 풀리면서 피로감이 몰려오자 준명은 쉰 목소리로 말했다.

"뭐라고? 정말이야?"

고개를 끄덕이며 긍정을 표했다.

"허."

짤막하게 황당하다는 목소리를 냈다.

"오늘은 정리만 하도록 하죠."

"오케이, 보스."

작업반장은 불타 버린 잔해들을 치우기 위해 서둘러 몸을 움직였다.

준명은 넋이 나간 상태로 멍하게 있었는데, 곧 각국의 군수물자를 수입하는 관료들이 찾아왔다.

"준! 이게 어떻게 된 일입니까?"

허투루 대할 수 없는 상대들이었기 때문에 준명은 정신을 부여잡고 대답했다.

"어젯밤에 테러를 당했습니다."

"테러요? 범인이 누구인지 압니까?"

"KKK였습니다."

사람들은 흠칫 놀랐다.

군수 사업이기 때문에 정부에서는 군인을 보내서 통제하고 보호해 줬어야만 했다. 하지만 이제까지 별일이 없었고 대부분의 군인들은 백인이었기에 정부에서 파견을 꺼렸다.

그리고 이번 일을 벌인 자들이 백인 단체인 KKK였기 때문에 문제가 이상하게 돌아갈 가능성이 컸다. 특히 동부와 남부 지역은 차별 강도가 다른 곳과 달리 아주 심했다.

부드럽고 자연스럽게 넘어갈 일이 아니라는 것을 깨달은 사람들은 고개를 흔들며 준명에게 물었다.

"공급은 할 수 있겠습니까?"

"내일이 물건이 도착하는 날입니다. 그런데 보시다시피 많은 양이 불에 타 버려서 공급이 정상화되려면 시간이 필요할 것 같습니다."

"일단 알겠습니다."

대책 마련이 시급했는지 사람들은 금방 돌아갔다. 평소에는 준명과 교분을 쌓아 어떻게든 물량을 더 받기 위해서 노력했던 사람들이었다.

●

"호외요!"

길거리를 뛰어다니는 아이들은 작게 인쇄된 종이를 뿌리며 엄청난 돈을 벌어들이는 창고가 불탄 소식을 알리고 다녔다.

창고에 불이 났다는 소식은 글을 읽을 줄 모르는 사람들의 수다에 실시간으로 입에서 입으로 빠르게 전파되고 있었다. 그 정도로 뉴욕에서는 수출하는 군수물자에 대해서 관심이 많았다.

화마의 피해에서 비껴 나간 국가가 하나 있었는데, 그곳은 캐나다였다. 물량 확보를 위해 직접 캘리포니아까지 가서 물량을 챙겼기 때문에 다른 국가들과 달리 피해가 전무했다.

●

등에 총을 맞은 대찬은 엠마를 안은 자세로 살짝 휘청거렸다.

"괜찮으십니까?"

괴한을 제압한 후 경호원은 대찬에게 안부를 물었다.

아메리칸
드림

"아, 정말 아프네요."

품에 안고 있는 엠마를 슬쩍 내려다보자 눈물이 그렁그렁 맺혀 있었다.

"괜찮아요. 다 끝났어요."

"흑흑."

이제야 안심이 되었는지 소리 내 울기 시작했다. 한참을 다독이다가 차츰 안정을 찾자 대찬은 외투를 벗기 시작했다. 그 안에는 조끼가 있었는데, 그 조끼를 벗고 뒤판을 확인하니 총알이 박혀 있었다.

"방탄복을 만들어 놓길 잘했네."

총알 자국을 보면서 처음 방탄복을 받았을 때가 생각났다.

몇 달 전, 평소에 자주 보기 힘든 철영이 대찬을 만나러 왔다.

"도련님, 드디어 완제품을 가져왔습니다."

"정말요?"

"네, 여기."

철영이 가방에서 꺼내 준 것은 평범한 조끼였다.

"티가 안 나네요?"

"이렇게 만들려고 꽤나 고생했다고 들었습니다."

"실험은 한 거죠?"

"수십 수백 번 확인했습니다. 전혀 문제없습니다."

조끼를 받은 대찬은 여기저기 만져 보며 확인했다. 속에는 딱딱한 물체들이 들어 있었다.

"그런데 한지로 방탄복을 만들 생각을 어떻게 하셨습니까?"

"하, 하, 그게…….."

대찬은 회귀 전에 역사 다큐멘터리를 심심하면 찾아보고는 했었다. 그중에 조상들의 지혜로운 물품들을 소개하는 방송이 있었는데, 그중에 하나가 '한지 갑옷'이었다. 한지를 여러 겹으로 겹치고 옻칠을 해서 갑옷을 만들었는데, 화살을 막아 냈고 더 실험을 해 보자 총알도 막아 낼 만큼 아주 튼튼한 갑옷이었다.

"우리 문화재를 많이 확보했잖아요?"

"맞습니다."

"천천히 읽어 보니 이런 기록이 있더라고요. 한지로 만든 갑옷이 화살을 막아 냈다고요."

"하! 그런 기록이 있었습니까?"

"그래서 혹시나 했는데 되네요."

대찬은 다시 한 번 방탄조끼를 만족스럽게 보았다.

"언젠가 이게 목숨을 지켜 줄 거예요. 많이 만들어서 형도 하나 입고 다니시고 경호해 주시는 분들에게도 하나씩 나누어 주세요."

"알겠습니다. 주변분들 모두 챙겨 드리겠습니다."

아메리칸
드림

"고마워요."

"아닙니다. 제가 해야 할 일인데요."

"대찬 씨?"

"네?"

"괴한이 동양인이네요."

"백인 아니에요?"

괴한이 동양인이라는 사실에 깜짝 놀라며 확인하기 위해 쓰러져 있는 시체 근처로 갔다. 전등이 비춘 사내는 복면이 벗겨져 맨얼굴을 그대로 노출하고 있었는데, 생김새가 한인과 비슷했다.

"누굴까요?"

범인일 것이라고 강력하게 지목되는 것은 일본뿐이었다.

"일단 소문나지 않게 조용히 처리해 주세요."

대찬은 뒷정리를 지시하고 엠마와 집으로 들어가 잘 다독여서 재웠다. 그 후에 서재에 혼자 앉아 지나간 일에 대해 생각했다. 아무 일이 없었던 것처럼 행동했지만 머릿속은 여전히 복잡했다.

"잠깐, 총을 쏘기 전에 우리말로 '죽어.'라고 했어!"

'원한?'

대찬은 원한 살 일이 있는지 곰곰이 생각해 봤다.

"누구를 망하게 한 것도 아니고, 누구를 못살게 굴지도 않

\,

았는데⋯⋯."

예측을 하고 누군가를 범인으로 지목하기 위해 가설을 세우기도 마땅치 않았다. 그러다 보니 생각하면 생각할수록 미궁을 헤매고 있었다. 결국 깊어진 생각과 암살당해 죽을 뻔한 긴장감 때문에 잠을 잘 수 없었고 뜬눈으로 밤을 지새웠다.

따르릉.

"여보세요?"

─대찬아! 나 준명인데⋯⋯.

"응, 이렇게 일찍부터 웬일이야?"

─그게⋯⋯ 창고에 불이 났어.

"불? 얼마나?"

─깡그리 다 태웠어.

"뭐라고!"

몸을 바싹 세운 대찬은 골치가 아픈지 남은 손으로 이마를 짚었다.

─KKK 알지?

"범인이 그들이야?"

─어젯밤에 퇴근 준비를 하다가 바깥쪽에서 십자가가 불타고 있는 것을 봤어.

"다친 곳은 없고?"

─다행히 먼저 숨어서 괜찮아.

대찬은 분노 때문에 준명의 상태를 나중에서야 물어봤지

아메리칸
드림

만 '괜찮다.'라는 말을 들이니 안도감을 느낄 수 있었다.

"돌아오고 싶어?"

-아니, 지고 싶지 않아.

"그래⋯⋯."

-그것보다 앞으로 어떻게 할 거야?

"생각을 해 봐야 할 것 같아. 상대가 KKK면 백인들인지라 나도 어떻게 하기가 힘들 것 같다."

-역시나⋯⋯.

준명도 대충 예상을 했는지 말을 잇지 못했다.

"내 생각엔 뉴욕에서 철수했으면 좋겠는데⋯⋯."

-그러면 일에 지장이 있지 않을까?

"파나마운하가 완공되었다는 소식을 들었어."

세계적으로 거대한 난공사로 유명했던 파나마운하는 지난 1914년 8월 15일에 개통이 되었다.

발상은 16세기 초에 처음 했으나 정작 첫 삽을 퍼 올린 것은 1880년 프랑스인들에 의해서였다. 하지만 이 시도는 실패하였고 사상자의 숫자가 2만 명이 넘었다.

실패한 공사를 다시 미국이 시작하여 성공한 것이다. 하지만 미국도 쉽게 성공한 것은 아니었는데 77킬로미터를 공사하면서 온갖 문제가 발생했다. 그중에 대표적인 것은 말라리아나 황열병 같은 질병이었고 쌓아 놓은 흙이 무너지기도 했다.

프랑스와 똑같이 미국이 진행했던 기간 동안에도 많은 사상자가 생겨났다. 그럼에도 불구하고 파나마운하를 포기하지 못한 이유가 있었다.

뉴욕에서 샌프란시스코까지, 기존에 남아메리카 끝, 드레이크 해협과 혼 곶으로 가는 남아메리카 해안을 빙 돌아서 가는, 매우 긴 우회로의 길이가 22,500킬로미터 정도 되었는데, 파나마운하를 통하면 항로와 시간이 절반 이상 단축되기 때문이었다.

-파나마운하……. 근데 여기를 떠나면 지는 기분이 들 것 같은데?

준명은 어려서부터 지는 것을 무척 싫어했다. 그런데 그렇지 지기 싫어하는 준명이 누군가 쳐들어온다고 해서 도망을 쳤다는 것부터가 쉽게 생각하고 지나갈 일이 아니라는 생각이 들었다.

"생각해 보니까 일단 뉴욕이 너무 멀어서 도움이 필요할 때 적절하게 도움을 주지 못할 것 같고, 이번 한 번으로 끝날 것 같지도 않아."

-으으, 분하다!

"미안하다. 내가 더 신경 썼어야 했는데."

-아니야. 그런데 정리를 하면 여기서 일하는 직원들을 어떻게 해?

이 질문이 굉장히 날카롭게 느껴졌는데, 윌리엄과의 대화가 가슴 깊이 남아 있었기 때문이었다.

아메리칸
드림

"계속 일하겠다고 하는 사람은 여기로 이주하도록 권유해 비용은 회사에서 부담한다고 하고 따라오지 않겠다는 사람들은 퇴직금을 주도록 해."

-퇴직금? 그게 뭐야? 이주 비용을 주는 건 이해하겠는데, 일자리를 마다하는 사람한테 무슨 돈을 줘?

"……."

-정, 네 뜻이라면 전별금을 조금 주도록 할게.

"……그렇게 해."

-알겠어. 그럼 돌아가서 보자.

전화를 끊고 약간 혼란스러움을 느꼈다.

"나만의 기준을 확실히 정해야겠어."

대찬은 미래에 미국에서 퇴직과 관련되어 있는 모든 기억들을 꺼내 종이에 적기 시작했다. 그렇게 한참을 적다 보니 무언가 발견할 수 있었다.

"뭐야! 미국은 미래에서도 퇴직금이 없네?"

이걸 깨달을 수 있었던 것은 회귀 전에 크게 이슈가 되었던 서브프라임 모기지로 세계 금융 위기가 왔었을 때 파산한 미국인들을 인터뷰하거나 다큐멘터리로 제작한 것을 본 기억 때문이었다.

'항상 이상했었지.'

한국인으로서는 당연하다고 생각되는 퇴직금이 미국에서는 없었다. 그래서 다큐멘터리에서 본 사람들은 하나같이 일

자리를 찾기 위해서 동분서주하고 있었다.

그리고 은퇴 후에는 퇴직금이 아닌 연금으로 생활했다. 그래서 흥미가 생겨 한번 알아봤다가 중요하지 않아 금세 잊어버렸었다.

"좋아, 그럼 퇴직금은 없는 걸로 하고 연금을 한번 만들어봐야겠다."

대찬은 연이어 나쁜 일이 있어 잠들지 못하고 있었지만 일을 계획하면서 예민해진 신경이 가라앉았다.

🎩

"이런 병신 같은 새끼!"

조그만 창문이 난 방에서 사내는 홀로 앉아 술을 들이켰다.

"혼자 죽어 나자빠지고 있어."

술을 많이 마셨음에도 눈은 불이 나는 듯이 이글거리고 있었다.

"꼭! 죽여야 돼!"

🎩

뉴욕에서 철수를 지시했기 때문에 샌프란시스코 항구 근

처에다가 크게 창고를 지었다. 그러나 기존에 거래하던 국가들에 물자를 여기서 납품하겠다고 하자 반발이 컸다.

"대신 가격의 1퍼센트를 깎아 드리겠습니다."

기름값이 무척이나 쌌기 때문에 손익계산을 해 본 국가들은 그제야 받아들였다.

그리고 그동안 납품하지 못했던 물건들을 납품하기 위해서는 지금의 공급량으로는 턱없이 모자랐기 때문에 연말 파티에 만났던 사람들을 오히려 청해야 하는 입장이 되었다.

"어서 오세요."

"감사합니다."

"단검을 납품하고 싶다고요?"

"그렇습니다."

"하루에 얼마나 생산됩니까?"

"공장을 최대로 돌리면 하루에 750자루 정도 만들 수 있습니다."

'부족해……'

하지만 아쉬운 쪽은 대찬이었기 때문에 조금이라도 물건을 확보해야 했다.

"품질은 어떻습니까?"

"여기 있습니다."

브라운은 가져온 가방을 열어 단검을 꺼내 보여 주었다.

"흠……."

꺼낸 단검은 날이 서 있지 않은 것과 날이 서 있는 것 두 가지가 있었다.

"지번 씨."

"네, 사장님"

"이거 부러뜨려 봐요."

"알겠습니다."

지번은 대찬의 지시대로 단검을 부러뜨리기 위해 노력했다. 그러자 그 모습을 보고 있는 브라운은 긴장했다.

깡깡.

망치로 내려치고 한쪽 끝을 발로 밟고 반대쪽을 들어 올리는 등 지번은 한참을 씨름했다.

"그만, 내구성은 우수하네요."

"좋은 품질의 쇠로 만들었습니다."

"하루에 최대로 납품할 수 있는 양이 750자루라고요?"

"맞습니다."

"전부 납품해 주세요."

"감사합니다."

대찬이 주영에게 눈짓을 하자 브라운을 데리고 나가 대기하고 있던 변호사와 계약서를 작성했다.

브라운 이후에도 많은 사람들이 들어왔다.

"침낭을 2백 개 정도 만들 수 있습니다."

"군화를 하루에 4백 켤레 만들 수 있고 최대 5백 켤레까지

가능합니다."

이런 식으로 많은 사람들이 찾아왔는데 기존에도 납품하는 양이 부족했기 때문에 꼼꼼하게 확인하고 품질에 대해서 확실하게 계약서에 조항을 삽입하고서야 전량 다 납품하는 계약을 맺었다. 대부분이 작은 기업체였기 때문에 감당하기 힘든 물량을 제시하는 곳은 없었다.

'남은 부분은 어떻게 해결하지? 아, 골치 아프네……'

한참을 고민하고 있을 때 주영이 다가와 말했다.

"사장님 전화 왔습니다."

"누굽니까?"

"미네소타라고 합니다. 카길이라는 회사라고 하는데요?"

"카길? 일단 바꿔 주세요."

대찬은 책상 위에 있는 전화기를 들었다.

"존 D. 강입니다."

－아, 반갑습니다. 저는 스티븐 P. 카길이라고 합니다.

"반갑습니다. 그런데 무슨 일이십니까?"

－하하, 성격이 급하시군요. 다름이 아니라 사업상 제의할 것이 있어서 한번 만나 뵈었으면 합니다.

"좋습니다."

－그렇다면 제가 빠른 시일 내에 샌프란시스코로 가도록 하죠.

"알겠습니다. 그럼 그때 뵙도록 하지요."

전화를 끊고 나서도 대찬은 카길이 왜 자신에게 연락을 했는지 알 수 없었다.

"지번 씨 카길이라는 회사 정보 좀 알아봐 줘요."

"알겠습니다."

잠시 후 지번이 건네준 자료를 받아서 보니 카길은 곡물 회사로 1865년에 설립되었고 상당히 덩치가 큰 회사였다. 그리고 주로 인구가 많은 동부 쪽으로 식재료를 공급했다.

"전혀 만날 일이 없는데? 뭐, 만나 보면 알겠지."

지금 당장은 해야 될 일이 많기 때문에 카길에 대한 생각은 접고 일에 집중했다.

에릭은 이탈리아 이민자 가정의 2세대였다. 가난한 생활을 타개하기 위해서 이민을 해 온 만큼 교육도 충분히 받지 못했고 삶이 넉넉하지 않았다.

그러한 모습들을 보고 자라서 어린 나이부터 어떻게든 성공할 수 있는 길을 찾아 헤맸는데, 어느 날 지나가던 부자들을 보게 되었다.

'어떻게 하면 저 사람들처럼 될 수 있을까?'

궁금한 마음에 부자들의 행적을 추적했다. 10대 중반이 되었을 때 그들을 조금씩 알게 되면서 에릭이 느끼는 감정은 깊은 절망감과 좌절뿐이었다.

'재산과 교육 그 외에 것들을 포함해서 최소한 백 년 이상 시대를 앞서가는 사람들을 무슨 수로 쫓아갈 수 있을까?'

가난한 삶이 죽을 만큼 싫었던 에릭은 자신이 한 가지 할 수 있는 것을 찾았는데 유일하게 찾은 돌파구는 공부였다.

'최소한 지식과 학벌은 동일해야 나에게 기회가 온다.'

학교를 다닐 돈이 없어 매일 돈을 벌기 위해 일을 해야 했던 에릭은 시간 날 때마다 공부할 책을 구하기 위해서 학교 주변을 돌았다. 그렇게 버려지거나 누군가 잃어버린 책들을 모으기 시작했다.

내용이 이어지지 않거나 전혀 상관없는 내용들이었기 때문에 제대로 이해하지 못하는 것이 태반이었지만 포기하지 않고 일을 하면서 틈틈이 공부했다.

노력은 배신하지 않는 법일까?

그것을 지켜보는 사람이 있었는데, 에릭에게 일자리를 제공해 주던 업체의 사장이었다.

"에릭, 이리 와 봐."

공부하고 있는 것을 방해받고 싶지 않았지만 일자리는 꼭 필요했기 때문에 마지못해 부르는 사장에게 갔다.

"이거 한번 풀어 봐."

건네준 것은 시험지였는데 에릭은 이게 무슨 뜻인지 궁금해서 사장을 쳐다보았다.

"빨리!"

시험지를 처음 본 긴장감 때문에 잘 생각나지 않아 힘들었지만 공부한 것이 헛되지 않았는지 금세 문제를 다 풀었다.

"나가 봐."

다음 일어난 일들은 에릭에게는 두 번 다시없을 천재일우의 기회였다.

"자, 여기."

어리둥절하게 상황 파악을 하고 있는 에릭을 보며 사장은 서류를 건넸다.

"이게 뭔가요?"

"읽어 봐."

서류를 읽을수록 에릭이 눈은 커져만 갔다. 하지만 마지막 장을 읽고 나서는 풀이 죽었다. 학비의 내용이었는데, 감당할 수 없었기 때문에 실망하고 있었다.

"실망할 필요 없어, 넌 공부하러 가게 될 거야."

"네?"

"내가 지원해 줄 테니 너는 내 부탁을 하나만 들어주면 된다."

"그게 뭔가요?"

"나중에 알려 주마."

에릭은 대학교에 입학하며 미래를 꿈꿀 수 있게 되었다. 놓치고 싶지 않은 미래가 눈앞에서 아른거리자 남들보다 몇 배

아메리칸
드림

는 더 노력하고 공부해서 수석 졸업을 할 수 있었다. 그사이 에릭을 지원해 준 사장의 딸을 만나 결혼까지 하게 되었다.

졸업을 하고 사장이 원하는 부탁이 뭔지 물어보았다.

"응? 두 사람이 결혼했으니 필요 없게 됐어."

사장이 원하는 것은 자신의 딸과의 결혼이었다.

모든 일이 술술 풀리자 에릭은 앞으로 승승장구할 줄 알았으나 외교부에 들어간 이후로는 불행한 날이 이어졌다. 최하층에서 시작해서 상류층의 입성이 눈앞에 왔으나 기존 세력들의 집단 따돌림이 이어졌다. 그들은 에릭의 존재가 거북했던 것이었다.

그러던 어느 날 위에서 지시가 내려왔는데, 캐나다에 파견할 사람을 찾는 것이었다. 사무실이 너무 힘들었던 에릭은 자원했고 바로 갈 수 있었다.

캐나다로 가면서 정부에서 제공해 준 파일을 읽었는데 눈이 번쩍 뜨일 만큼 부자였다. 그리고 더 의외인 것은 백인이 아니었다.

'허, 동양인?'

제대로 된 교육도 받지 않았고 처음부터 가진 재산이 많은 사람도 아니었다. 그런데 과거 행적이 조사된 파일에는 정확히 성공하는 지름길을 달리고 있었다.

캐나다에 도착해 대찬을 만난 에릭은 깜짝 놀랐다. 자신보다 키도 훨씬 크고 범접할 수 없는 느낌이 드는 것이, 큰사람이라는 것을 알 수 있었다.

그것과는 별개로 협상 과정을 지켜보고 별문제가 없음을 확인하고 집으로 돌아가 평소와 다름없는 생활을 하고 있었는데, 어느 날 손님이 찾아왔다.

"존 D. 강 님께서 선물로 보내신 겁니다."

"네? 네."

봉투를 주고 동양인 사내는 돌아갔다.

에릭이 열어 본 봉투에는 많은 돈이 들어 있었다.

"헉!"

그날부터 에릭은 생각이 무척 많아졌다. 본인이 원하는 성공은 금전에 의한 것이었는데, 지금의 월급으로는 자신이 10년 이상 모아야 만질 수 있는 돈이 바로 현재 손에 들려 있었기 때문이었다.

그리고 한 번의 행운으로 끝날 줄 알았던 일은 대찬이 에릭을 다시 찾음으로써 이어질 수 있었다. 대찬과 일을 원만하게 잘 해결하자 상부에서는 에릭에 대한 평가를 다시 하기 시작했다. 그걸 아는지 모르는지 에릭은 대찬을 만났을 때 말을 건넸다.

"정부에서 나와서 존 씨 밑에서 일을 하겠다면 받아 주실 겁니까?"

초조하게 대찬의 답을 기다렸다.

"하하, 당연하죠. 국제 정세에도 밝고 정부에서도 일을 자주 맡기는 것을 보니 유능한 분이라는 것이 확실한데 오시겠다면 꼭 붙잡아야죠."

확실한 답을 듣자 홀가분한 마음이 들었고 고민은 곧 결심으로 바뀌었다.

해가 바뀌기 전 에릭은 일을 그만두었고 가족들을 데리고 캘리포니아 샌프란시스코로 이주했다.

오늘은 대찬을 만나러 가는 중요한 날이다. 깔끔하게 정리된 신사복을 입고 구두도 맡겨 반짝반짝 빛이 나게 닦았다. 외출하기 전 아내와 입맞춤을 나누고 대찬의 저택으로 향했다.

"대찬아! 정부에서 사람이 왔다."

"네, 금방 나갈게요."

서재에 걸려 있는 거울을 보고 복장을 점검하고 응접실로 향했다.

"에릭!"

"반갑습니다, 존."

"하하, 오랜만이에요. 얼마 만이지요?"

"글쎄요. 확실한 것은 꽤 오래되었다는 거지요."

"너무 멀리 있다 보니까 얼굴 보기가 힘드네요."

"하하, 걱정하지 않아도 될 것 같습니다. 존, 저번에 우리가 했던 약속 기억하세요?"

"약속요?"

"이거 실망입니다. 제가 온다면 붙잡는다고 했지 않습니까?"

에릭의 표정은 웃고 있었지만 속은 까맣게 타고 있었다.

"물론입니다. 당연히 기억하고 있지요."

"일을 그만뒀습니다."

"네?"

"붙잡아 주실 거죠?"

일자리를 찾아왔다는 에릭의 말에 대찬은 어안이 벙벙했다. 그저 농담조로 했던 말이었지만 내심 그랬으면 하는 바람은 있었다.

"당연하죠!"

"하하, 감사합니다. 찾아오길 잘했군요."

즉석에서 에릭의 채용이 결정됐고 업무를 파악할 때까지는 대찬과 같이 움직이기로 했다.

"주영 씨, 철영이 형한테 전화해서 업무 파악할 수 있는 자료 좀 보내 달라고 하세요."

"네."

자리에 앉아 두 사람은 이제까지 하지 못한 이야기를 계속해서 이어 나갔다.

"국제 정세는 어떻습니까?"

"협상에 이탈리아를 끌어들이기 위해 노력하더군요."

아메리칸
드림

"이탈리아요? 거기는 주축군 동맹이지 않습니까?"

"일단 참전하지 않은 국가이기도 하거니와 전쟁이 생각보다 길어지니 어떻게든 빠른 시일 내에 끝내려고 그러는 것 같습니다."

대찬은 전쟁이 앞으로 몇 년은 더 지속된다는 것을 알고 있었다.

"그런다고 빨리 끝낼 수 있을까요?"

"두고 봐야 알 것 같습니다. 그런데 큰 계기 없이는 전쟁이 계속 이어질 거라고 생각하고 있습니다."

"그렇군요."

대찬이 걱정하는 것은 한 가지였는데 자신이 역사의 흐름에 끼어듦으로써 전쟁의 양상이 바뀌는 것이었다.

'예측할 수 없는 상황으로 변해 버린다면…….'

제일 끔찍하게 생각되는 것은 한국이 광복할 수 없는 상황으로 변하는 것이었다.

'적정한 선을 유지해야 돼!'

아직까지는 역사의 큰 틀들은 그대로 유지되는 것 같았다.

항일

　뉴욕에 있는 창고에 불이나 수출해야 하는 군수물자들이 사라져 버리자 정부에서는 크게 당황했다.

　"범인이 누구라고?"

　"KKK단이라고 합니다."

　경찰청장은 골치가 아팠다. 중요한 군수물자들이 깡그리 타 버리면서 범인을 찾아내라는 압박이 들어왔기 때문이다.

　"복면 쓰고 돌아다니는 놈들을 무슨 수로 찾아내?"

　사실 찾아낼 수 있는 방법은 여러 가지였다. 비밀은 없는 법, 그날 활동에 참가했던 백인들을 수소문한다면 명단을 찾아내는 것은 쉬웠다. 다만 그럴 수 없는 사정이 있었다.

　'그깟 동양인 재산에 불 좀 난 게 무슨 큰일이라고…….'

청장의 입장은 굉장히 곤란했다.

'그랜드 드래곤(KKK의 지위)으로서 이번 일은 유야무야 넘어가야 돼.'

"그렇습니다. 수사가 굉장히 난항입니다."

"그래도 일단 계속 수사해 보게."

"알겠습니다."

정부에서는 각국의 눈치를 보며 범인을 찾아내라고 독촉했지만, 경찰은 계속해서 수사가 어렵다는 말만 반복했다.

정부에 항의를 계속하던 각국의 주재관들은 나서지 않는 대찬을 보고 못마땅해했으나 곧 대책을 내놓자 잠잠해졌다.

결국 범인 색출은 하지 못했고 대찬이 별다른 이의 제기를 하지 않아 사건은 조용히 묻히게 되었다.

준명은 대찬의 이러한 선택이 굉장히 못마땅했다.

"대찬아, 왜 항의하지 않는 거야?"

"아직 때가 아니야."

"때?"

"응."

"무슨 때를 기다려! 그럼 그 많은 것들이 허공으로 사라져 버렸는데 화도 안 나?"

"당연히 화나지."

"그럼 항의해야지! 이제까지 지들 입에 넣어 준 돈이 얼만데!"

아메리칸
드림

씩씩거리며 억울하다는 말을 토해 냈다.

"우리가 힘이 있다고 생각해?"

"그야 당연하지!"

"정신 차려! 우리는 아직도 이방인이야."

"왜 그렇게 생각하는데?"

"지금 캘리포니아에 수많은 한인들이 들어와 있는데 그중 정부에서 일하는 사람이 얼마나 될까? 정부가 아니더라도 공무원인 사람은? 군인을 제외하고 말이야."

"음……."

"없어. 이게 무슨 말인지 알아?"

준명은 고개를 끄덕였다.

"우리는 그냥 돈만 가지고 있는 거야. 그런데 우리는 그 돈을 지킬 힘도 없어. 아직도 멀었어. 한참을 더 기다려야 해."

"에이 씨!"

준명은 기분이 상했는지 자리를 박차고 밖으로 나가 버렸다.

'나도! 지금 참…… X 같다!'

대찬 역시 속에서 불이 나고 있었다. 하지만 상황이 바뀌지 않는다는 것을 알기 때문에 스스로 자제하며 없었던 일처럼 지나가고 있는 것이었다.

카길에서 다시 연락이 왔다.

-샌프란시스코입니다. 호텔에서 만나시겠습니까?

그러기로 약속을 하고 대찬은 호텔로 향했는데, 전과는 달리 주변에 인물들이 상당히 많아졌다. 대찬과 길현, 인수, 준명 그리고 비서 생활을 하며 일을 배우고 있는 지번과 주영 마지막으로 가장 늦게 합류한 에릭이었다.

　거기에 사람이 많아지자 경호를 하는 사람도 많아졌다. 그렇게 많은 사람들이 한꺼번에 움직이자 한 가지 이질적인 점이 있었는데, 에릭만 백인이었다.

　"휘유, 사람 많네."

　준명은 휘파람을 불며 늘어난 사람을 보며 감탄했다.

　"조만간 더 늘어날 거야."

　에릭이 몇 사람을 추천했는데, 그와 처지가 비슷한 사람들로 능력을 보증하고 믿을 수 있다며 강력하게 추천했다.

　대찬은 그렇지 않아도 부족한 사람들 때문에 걱정이 많았기에 쉽게 허락했다. 다만 에릭을 전적으로 신뢰하고 있는 것은 아니었다. 그 때문에 차분히 지켜본 다음에 믿을 만하다고 판단이 되면 중요한 일을 맡길 생각이었다.

　"그만 촐랑대고 출발하자."

　길현이 분위기를 정리하자 차 네 대로 나눠서 호텔로 향했다.

　"어서 와라."

　조용히 속삭이듯이 말을 내뱉은 한 사내가 한쪽을 주시하며 누군가를 기다리고 있었다.

한참을 기다리자 사내의 눈에 익숙한 고급 자동차가 들어왔다. 사람이 많은 곳에 진입했기 때문에 천천히 움직이는 차량을 보는 사내의 눈이 광기로 물들었다.

"뭐, 뭐야!"

품에 손을 넣고 기다리고 있던 사내의 눈에 이채로운 광경이 눈에 들어왔는데, 똑같은 차량이 네 대나 줄줄이 오고 있었다.

"씨팔, 어디에 있는 거야?"

고민을 더 하다가는 기회를 놓칠까 두려웠던 사내는 품속에서 폭탄을 꺼내 던졌다.

그 모습을 이상하게 여겨 주의 깊게 살펴보던 사람이 있었다.

"낯이 익어."

사내가 품에서 무언가를 던진 순간, 깊게 눌러쓴 모자가 벗겨졌다.

"이, 이, 이항구다!"

이항구가 던진 폭탄은 터지지 않았다.

"씨팔!"

그때 이항구의 귓가에 자신의 이름이 들렸다. 깜짝 놀란 이항구는 그 자리를 벗어나 달아나디 시작했다.

네 대의 차량은 경적을 울리며 위험한 상황을 외면한 채 낼 수 있는 최대한의 속도를 내면서 목적지를 향해 움직였다. 암살의 위협이 있을 때 멈추어 서서 상황을 해결하려는 것은 아주 위험한 행동이었는데, 잠깐 멈추는 게 상대방에게 기회를 다시 제공해 주는 일이기 때문이었다. 경호원들은 통제할 수 없는 상황을 벗어나기 위해 안전한 곳을 찾는 것이 급선무였다.

끼이익.

브레이크를 잡으며 호텔 앞에 차량이 멈춰 서자 경호원들이 먼저 내려 주변을 감시하고 이내 대찬의 일행은 건물로 급하게 들어갔다.

"동양인이었어!"

준명은 자신의 두 눈으로 본 걸 믿을 수 없다는 듯이 소리쳤다. 이미 한번 뉴욕에서 비슷한 상황을 겪고 왔기 때문에 더욱 격분했다.

"진정해라."

길현은 본인도 놀랐으나 준명을 진정시키며 주변을 챙겼다. 안전하다고 생각되는 곳에 도착했기 때문인지 다들 긴장이 풀려 축 늘어져 있었다.

"경호원의 숫자를 많이 늘려야겠어요."

근본적인 원인 해결은 되지 않을 테지만 위험한 상황을 줄이기 위해 경호원이 많이 필요했다.

아메리칸
드림

"방탄복은 모두 착용하고 있지요?"

"엣헴……."

몇몇은 헛기침을 하며 불편한 방탄복을 착용하고 있지 않음을 알렸다.

"앞으로는 불편하더라도 꼭! 입고 다니세요."

모두 고개를 끄덕이며 긍정했다.

"그리고 계속해서 더 좋은 방탄복을 개발해야겠어요. 앞으로 무기도 계속 발전할 건데 지금 입은 걸로는 불안하다는 생각이 떠나지 않네요. 그리고 하와이에도 경호원을 많이 늘려 주세요."

대찬의 말을 끝으로 침묵만이 이어졌는데, 대찬과 준명을 제외하고는 직접적으로 목숨을 노리고 암살 시도를 경험한 게 처음이었기에 두려운 마음을 추스르는 데 집중했다.

이어 카길과의 약속은 정중하게 며칠 뒤로 미루자고 얘기했는데, 상황을 알게 된 카길은 흔쾌히 수락했다.

주변 사람에게 정체가 들통이 난 이항구는 정신없이 자리를 벗어나기 위해 노력했다. 그리고 처음부터 계획해 두었던 탈출 경로를 통해 문제없이 은신처로 돌아갈 수 있었다.

"씨팔, 폭탄 좀 좋은 걸로 줄 것이지! 얼마나 한다고!"

제대로 터지지 않은 폭탄 때문에 욕을 했다.

"내가 왜 여기까지 와서 이 고생을 하는 건지. 젠장, 젠장!"

이완용이 암살당한 뒤 이항구는 작위를 이어받았고 기존에 오적들을 대신하는 대표적인 친일 인사가 되었다.

하지만 부친이 죽은 것에 분노하였고, 분풀이 대상이 필요했다. 그는 그 대상을 고종으로 정하였고 독살하였다.

데라우치는 이항구의 행동에 분노하였는데, 아직 고종은 써먹을 구석이 있는 대상이었기 때문이었다. 결국 이항구는 근신을 명령받았고 데라우치는 두 번 다시 찾지 않았다.

하지만 이항구에게 별다른 벌은 내리지 않았는데, 광화문 만세운동과 광복군의 움직임에 신경 쓰다 보니 잊어버린 것이었다.

이항구는 별다른 벌을 받지 않자 오히려 더 의기양양해 본격적으로 유세를 떨고 다녔고, 대대적인 사채업을 하며 엄청난 돈을 벌기 시작했다.

그러던 어느 날 데라우치가 이항구를 호출했다.

"부르셨습니까, 총독 각하."

"이리 가까이 오시오."

가까이 가자 데라우치는 사진 몇 장을 보여 주었다.

"이게 뭡니까?"

아메리칸
드림

"미국에 갔다 와야겠소."

"미국에 말입니까?"

"그렇소. 가서 이 인물을 죽이고 오시오."

"네?"

"전대 백작의 복수를 해야 하지 않겠소?"

시간이 많이 흘렀기에 이제는 생각도 나지 않는 부친이었다.

"그렇다면 사람을 보내겠습니다."

"어허! 직접 갔다 오시오."

"그게……."

데라우치는 표정이 날카롭게 변했다.

"앞으로도 부귀영화를 누려야 되지 않겠소?"

그제야 이항구는 상황 판단이 되었다.

"하!"

알겠다는 듯이 경례를 해 보이자 데라우치는 고개를 끄덕였다.

"나가 보시오."

데라우치의 노림수는 여러 가지가 있었지만, 크게는 이항구가 미국으로 넘어가서 죽길 바랐다. 이항구가 죽음으로써 일본의 귀족이 미국에서 죽었다는 이유로 미국에서 활동하는 한인들을 위축시킬 생각이었다. 이항구가 목표했던 사람의 암살에 성공한다면 그것으로도 충분한 성과였다. 그리고 가장 중요한 것은 한인들끼리 서로 의심하게 만들어 내분을 일으킬 수 있었다.

이항구는 미국으로 넘어와서 미국에 있는 일본인 스파이에게 무기를 공급받고 목표물로 지정된 대찬의 암살을 기도했던 것이다. 하지만 폭탄이 터지지 않아 성공할 수 없었다..

"젠장!"

현 상황이 무척 마음에 들지 않았는지 지속해서 욕을 하며 분풀이를 해 댔다.

"이제 몰라! 할 만큼 했어, 돌아갈 거야!"

"친일파 새끼!"

"네가 친일파 아니야?"

두 사람은 치고받고 싸우기 시작했다. 이러한 일을 동시에 여러 군데에서 일어났는데, 경찰에서는 폭동의 기미가 보인다고 판단했는지 싸우는 한인들을 보면 무조건 체포를 해 댔다. 그래서 조금은 수그러들었다.

데라우치의 계획은 성공적이었다. 한인들끼리 불신하기 시작했던 것이다.

이 소식을 들은 대찬은 분노했다.

"제대로 당했네."

어떻게 돌아가는 상황인지 판단이 섰다.

"다른 방향으로 이끌 방법이 없어."

지금보다 훨씬 중요하고 큰 충격이 있는 일로 분위기를 환기시켜야 될 필요성을 느끼고 있었다.

'이래서 정치인들이 연예인을 빵빵 터트렸나 보구나?'

회귀 전에 겪었던 정치에서는 자신들에게 불리한 상황이 되면 연예인을 이용해서 '물타기'를 줄곧 해 왔는데 그 마음이 십분 이해되었다.

'단, 그들은 치부를 가리기 위해서고 나는 민족들을 하나로 모으기 위해서니까 방향이 완전히 다르지만 말이야.'

반전시킬 만한 일을 계속해서 생각해 봤지만 딱히 답이 나오지 않았다.

"존입니다. 반갑습니다."

"반갑습니다. 내가 전화했던 스티븐입니다."

"약속을 미뤄서 미안합니다."

"이야기 들었습니다. 다친 곳은 없습니까?"

"괜찮습니다."

스티븐은 농부가 신사복을 입고 나온 듯한 외모였는데 가지런하지 않고 마음대로 길게 자란 수염이 인상적이었다.

"제안하실 것이 있다고요?"

"아, 바로 본론부터 이야기 하죠. 귀사에 곡물을 공급하고 싶습니다. 카길이라는 회사는 사실 회사라기보다는 대농장이라고 생각하시면 될 것 같습니다. 생각하시는 것보다 훨씬 큰 정도로요."

"그렇군요. 알아보니 생각보다 큰 회사더군요."

"덩치만 있지 실속이 없습니다. 너무 많은 양이 생산되어서 가격이 떨어지면 휘청거릴 정도니까요. 그런데 귀사는 곡물 회사도 있고 그것을 가공해서 수출까지 하더군요."

"운이 좋았습니다."

"그렇게 겸양하실 필요는 없을 것 같습니다. 그래서 제가 제안하고 싶은 것은, 저희에게 남는 잉여의 농작물들을 무료로 제공할 테니 가공하는 기술을 전수해 주셨으면 합니다."

대찬은 손익계산을 하기 시작했다.

'전쟁은 앞으로 3년 정도 남았고 전쟁을 하는 국가들도 바보는 아니니까 지금쯤 전투식량의 개발에 착수했을 거야······. 그렇다면 전투식량으로 돈을 벌 수 있는 기회는 앞으로 3년도 남지 않았다는 건데······. 3년 동안 안정적으로 많은 양의 곡물을 제공받는다? 우리의 노하우를 가르쳐 주는 것은 아니고 그저 가공할 수 있는 방법만 가르쳐 주는 것이니까······.'

스티븐이 제안한 것은 파격적인 일이었다. 오대호 주변에 자리하고 있는 농장들의 생산량은 상상을 초월할 정도로 많았는데, 얼마나 많은 양의 곡물이 제공될지는 모르겠지만 지

아메리칸
드림

금의 부족한 부분을 충분히 채워 주고도 남을 것이다.

"흠, 생각을 좀 해 봐야겠습니다."

"그렇습니까?"

스티븐은 아쉬워하는 표정이 얼굴에 드러났다.

대찬은 무조건 받아들여야 한다고 생각했지만, 살짝 뜸을 들이는 게 좋겠다는 생각이 들었다.

"스티븐 씨, 미안합니다. 회의는 내일 다시 하도록 하지요. 머리가 아프네요."

대찬의 상황을 뻔히 알고 있는 스티븐은 바로 확답을 듣길 원했지만 상황이 상황인지라 어쩔 수 없이 수긍했다.

"아, 그럼 내일 다시 뵙도록 하죠."

"미안합니다."

대찬은 다른 방에서 회의를 진행했다.

"카길에서 제공하는 잉여 곡물들의 품질을 어떻게 보장받을 수 있습니까? 말 그대로 잉여라면 품질이 굉장히 나쁠 수도 있습니다."

"설마 농사짓는 사람이 그리 행동할까?"

에릭의 말에 길현은 동의하지 않았다. 농사짓는 사람은 허투루 작물을 대하지 않는다는 본인의 믿음 때문이었다.

"그러니까 계약서에서 조항을 삽입하자는 겁니다."

대찬은 고개를 끄덕이며 에릭의 말에 동의했다.

"그리고 한 가지 맹점이 있습니다. 잉여 생산분을 제공한다고 했는데, 만약에 전국적으로 흉작이어서 잉여분이 발생하지 않는다면요?"

이번에는 모두들 동의했다.

"확실히 문제가 있는 내용이네요. 그렇다면 우리가 이 계약을 하게 된다면 어떻게 조항을 넣어야 되겠습니까?"

"정확하게 받을 수 있는 양과 품질에 대해서 명시해야 합니다. 그리고 우리가 전수해 주는 기술에 대해서 합당한 가치가 있는지 판단해야 합니다. 보스는 전수하려고 생각한 기술이 무엇입니까?"

"전투식량의 제조법을 전해 줄까 생각하고 있습니다."

"헉."

좌중의 입에서 동시에 신음성이 터졌다.

"대찬아, 그런 황금 알을 낳는 기술을 전해 준단 말이냐?"

공감하는 듯이 고개를 끄덕이는 사람들 중에서 단 하나 에릭만은 대찬의 생각을 읽은 듯했다.

"확실히 보스는 판단이 빠르시군요."

"그게 무슨 말이오?"

궁금한 길현은 에릭에게 물었다.

"전투식량이라는 건 전쟁을 수행 중인 군인들에게 간편하게 조리된 식량을 제공하는 것입니다. 우리 회사의 물건은 품질이 좋다고 소문이 났지요. 그런데 다른 국가에서 언제까지 전투식량을 사 가겠습니까? 아마 국가들마다 전투식량 개발에 박차를 가하고 있을 겁니다."

"특허법에 걸리지 않소?"

"그게 중요하진 않을 것 같습니다."

대찬은 분위기를 자신에게 집중시켰다.

"에릭이 말했다시피 전투식량이 대량으로 팔리는 남은 시간은 기껏해야 몇 년 안쪽이라고 생각해요. 혹은 몇 달 안에 끝날지도 모르지요. 그러니 카길에 기술이전을 해 준다면 아마도 각국에서도 그 모습을 보고 우리에게 협상하러 올 것이라고 확신하고 있습니다. 그러니 전투식량의 기술을 제공한다는 생각으로 계약서를 만들 생각을 하면 됩니다."

그때 잠자코 듣기만 하던 준명이 발언했다.

"그냥 카길의 지분을 받으면 안 되나요?"

에릭은 생산물을 받는 것보다 낫다는 생각이 들었는지 동의하는 발언을 했다.

"좋은 생각입니다. 차라리 적당한 지분을 받는 것이 좋을 것 같습니다."

"지분이라……."

대찬도 처음에는 지분을 받을 생각을 했었다. 하지만 회사의 구조를 보니 카길 가문과 맥밀란 가문 그리고 나머지 몇 개의 가문에서 지분을 나눠 갖고 있었다. 그리고 덧붙여진 정보에 의하면 혼인으로 끈끈하게 이어져서 타인의 참여를 거부하는 굉장히 폐쇄적인 기업이었다.

"가족이 아닌데 가능할까요?"

기본적으로 카길에 대한 정보를 모두 알고 있었기 때문에 대찬의 질문에 응답하는 사람이 없었다.

"보스, 일단 이야기라도 꺼내 보는 게 어떻겠습니까?"

대찬은 고개를 끄덕이는 것으로 대답을 대신했다.

다음 날.

"존 씨 생각은 해 보셨습니까?"

"흠, 깊게 생각을 해 봤습니다만 아무래도 현물보다는 지분으로 받는 게 좋을 것 같다는 생각입니다."

"지분요? 그것이…… 곤란합니다."

대찬의 예상대로 스티븐은 일단 거절했다.

"그렇습니까? 우리 회사에서는 귀사 측에 전투식량의 기술을 제공할 용의가 있습니다만……."

큰 미끼라고 생각되는 전투식량을 꺼내고 말끝을 흐리자, 스티븐은 잠깐 눈이 크게 뜨였다.

"잠시 후에 다시 만났으면 합니다."

"알겠습니다. 준비되시면 전화 주세요."

스티븐이 자리를 떠나고 나서 대찬은 어제의 일이 생각났다.

'확실히 한인들이 물러, 나누는 것에 너무 익숙한 것인가? 이익을 덜 취하더라도 좋은 게 좋은 것이라는 식으로 넘어가는 것이 참…….'

아메리칸
드림

에릭은 어떻게 해서든지 회사에 유리한 쪽으로 몰고 나가려고 혈안이 되어 있었다.

'나중에 문제가 될지도 모르겠는데?'

잠시 파벌에 대한 걱정을 하던 대찬은 스티븐의 전화를 받고 다시 만났다.

"결정하셨습니까?"

대찬은 담담하게 질문했다.

"내부 회의를 해 본 결과 지분을 넘길 수 있을 것 같습니다. 다만 조건이 있습니다."

"조건요?"

"혼인 동맹을 요청합니다."

"혼인…… 저는 약혼자가 있습니다."

"알고 있습니다. 대단한 가문하고 연결되어 있더군요. 그래서 차선책으로 존 씨의 가족 중에 한 분과 혼인했으면 합니다."

"가족이라……."

대찬은 곧바로 준명에게 시선이 갔다.

"왜, 왜 날 봐?"

준명은 불안에 떨기 시작했다. 사실 대찬과 준명은 엄밀히 말하자면 가족이 아니었다. 하지만 대찬의 사촌과 준명의 사촌이 혼인을 함으로써 가깝게는 친구, 멀게는 사돈이 되었던 것이다.

"싫어?"

한국어로 준명에 물었다. 이 말에는 많은 의미가 담겨 있었는데, 대찬 역시 이런 상황이 되어서 엠마와 혼인하기로 했고 지분에 대한 이야기는 준명이 꺼냈기 때문이다.

"그렇지만……. 알았어! 할게! 한다고!"

울상을 지으며 허락하는 준명을 보고 대찬은 실소가 나왔다.

"스티븐 씨, 저 친구 보이시죠? 혼인하겠다고 합니다."

"실례지만 관계가?"

"친구이자 가족입니다. 서로 피로 엮여 있습니다."

"존 씨의 형제는 안 되겠습니까?"

"너무 어린아이들이고, 저 친구가 싫다면 없던 일로 하시죠."

"아, 아닙니다. 그렇게 하도록 하죠."

이야기가 끝나자 대기하던 사람들은 우르르 달려들어 계약서를 작성하기 시작했다.

카길에서는 지분의 30퍼센트를 넘겨주기로 했는데 대찬은 이 지분을 전부 준명에게 넘겨주었다.

♦

계약한 후에 공개된 카길의 곡물 보유양은 어마어마했다.

오대호 주변 넓은 땅에서 일거에 수확한 많은 작물들은 일정 부분만 판매되고 나머지는 소비할 곳이 없기에 창고에 쌓아 두는 수밖에 없었다. 결국 쥐에게만 풍성한 식탁이 차려졌는데, 이런 잉여 곡물들이 싼값에 공급되자 이를 가공하기 위해서 공장은 밤낮 구분 없이 운영되었다.

한인 사회 분위기는 굉장히 뒤숭숭했다. 대찬의 암살 시도와 서로 간의 의심의 싹이 트자 평소에 친분이 있는 사람을 제외하고는 극도로 배타적으로 변했다. 그리고 가장 심하게 욕된 표현이 친일파란 말이 되었다.

"이건 다 개 같은 쪽발이 새끼들 때문입니다!"

"옳소!"

"우리는 절대 같은 하늘 아래 살 수 없습니다!"

"우와아아!"

술집에서는 사람들이 빽빽이 자리를 채웠는데, 서 있을 자리도 없을 정도였다.

"죽이자!"

"쪽발이를 죽이자!"

한인들이 존경하는 지도자로 손꼽히는 대찬이 죽을 뻔했다는 소식이 들리자, 평소 대찬을 흠모하고 존경하던 사람들 중에 한 사람이 며칠 전부터 사람이 많은 술집을 찾아다니며 일본인을 죽이자고 선동하고 다녔다.

"쪽발이에 빌붙어서 동포의 고혈을 빨아먹는 짐승 같은 친일파 역시 찢어 죽여야 합니다!"

"옳소!"

"우리가 왜! 이 땅으로 이주했습니까? 빌어먹을 일본 놈들과 일본 놈들에게 빌붙어서 나라와 동포를 팔아먹은 놈들 때문입니다. 우리는 고향으로 돌아가기 위해 앞서 언급했던 숙적들을 처단하고 우리의 권리를 되찾아야 합니다!"

"손명건! 손명건!"

군중들은 연설하는 명건의 이름을 외치며 환호했다.

"그런데 그 이항구! 친일파 놈이 우리 한인들의 지도자, 금산 선생을 암살하려 했습니다! 이 얼마나 통탄할 일입니까? 우리는 더 이상 이러한 일들을 외면한 채 모른 척하며 살 수 없습니다!"

"맞습니다!"

명건은 숨을 크게 쉬며 더 격양된 목소리로 말했다.

"우리, 더 이상 묵과하지 말고 되갚아 줍시다! 자! 나갑시다! 우리의 주적들을 처단하기 위해서! 싸웁시다!"

"싸우자!"

"복수하자!"

술집에 있던 한인들이 근처에 있을지 모를 일본인들을 찾아 밖으로 쏟아져 나갔다.

이런 상황은 실시간으로 대찬에게 보고되었다.

"뭐라고요?"

"지금 한인들이 일본인들을 찾아 죽이고 있습니다."

"폭행을 가하는 게 아니라 찾아서 죽인다고요?"

"그렇습니다."

"허……."

대찬은 잠시 잠깐 고민할 새도 없이 전화를 들었다.

-여보세요?

"토마스 씨, 저 존입니다."

-아, 존, 웬일입니까?

대찬은 샌프란시스코에서 벌어지고 있는 일에 대해서 설명했다.

-맙소사 폭동이 일어난 겁니까?

"지금 최대한 상황을 정리하려고 노력하고 있습니다."

-좋지 않군요.

"그것보다 토마스 씨, 빨리 군대에 전화하셔야 될 것 같습니다."

-군대요? 아!

"일이 번지면 큰 사고가 일어날 겁니다."

-이만 끊습니다.

급하게 전화를 끊자 대찬은 바로 옷을 입기 시작했다.

"차 대기시켜요."

샌프란시스코 외곽에는 일본인들의 집단촌이 존재했다. 일본인들도 자신들의 건축양식으로 집을 만들어서 생활했기 때문에 관심이 있는 사람들은 어디에 있다는 것을 충분히 인지하고 있었다.

마을 입구에서는 두 무리가 서로 대치하고 있었다.

"씨발, 쪽바리 새끼, 이리 나와!"

흥분한 사내가 고래고래 소리 지르고 있었고 반대쪽에는 일본인 사내들이 꿈쩍도 하지 않으며 맞서고 있었다.

"돌아가라! 우리는 잘못한 것이 없다!"

"잘못한 것이 없어? 우와! 저 새끼 뚫린 입이라고 마음대로 지껄이네?"

"돌아가라!"

"그렇게는 못 해! 내가 오늘 네놈들을 갈기갈기 찢어서 동포들의 원한을 갚아 줄 거다!"

분위기는 계속해서 험악해지고 손에 든 무기가 높게 들렸다.

"흥! 조선인들을 계도시켜 줬더니 돌아오는 보답이 이것인가?"

"말 함부로 하지 말란 말이야!"

한인 사내는 분을 참지 못하고 일본인을 향해 달려들었다. 이윽고 양 집단의 싸움이 시작되었다.

"죽어!"

"ばかやろう!"

한창 피를 튀기는 싸움을 하던 중에 방해하는 소리가 울려

퍼졌다.

탕탕탕!

"여러분, 그만!"

'예상은 했지만 심각하네.'

대찬을 보고도 무시하고 계속해서 싸움을 하려는 사람이 있었다.

탕!

경호원이 위협사격을 하며 다시 한 번 경고를 하자, 그제야 양측은 간격을 벌리기 시작했다.

"이만하고 돌아가시지요."

"금산 선생님, 이대로는 억울해서 안 됩니다!"

"여러분이 저들을 죽일수록 우리에게 돌아올 피해가 클 것입니다. 그럼 과거의 힘들었던 상황으로 돌아가야 하는데, 그 생활을 다시 할 수 있겠습니까?"

일본인들이 얼마나 죽든지 대찬은 별로 관심이 없었다. 하지만 미국 정부에 문제가 되는 민족이라 인식되는 것은 이제까지 한인들을 위해 힘들게 올렸던 위상을 죄다 깎아먹는 일이었다.

"그럼 어떻게 합니까? 이대로 계속 당하기만 합니까?"

"언젠가 다 되갚아 줄 기회가 올 것입니다. 그것보다 이번 일로 일본이 국내에 있는 우리 동포들에게 부릴 패악이 더 걱정됩니다."

"국내에 있는 동포들……."

사람들은 아직도 국내에 있는 친인척들의 안위가 걱정되기 시작했다. 점차 흥분하고 격양되어 있던 분위기가 침울하고 차갑게 가라앉았다.

"돌아들 가세요!"

처음과는 다르게 사람들의 발걸음은 무겁기 그지없었다.

다음 날 대찬은 토마스를 면담하기 위해 그의 저택으로 향했다.

"존 실망입니다."

"토마스 씨, 죄송합니다. 그런데 미리 말씀드렸던 걸로 기억하는데요."

"아무리 그래도 그렇지, 이번 일로 위에서 심기가 불편해하더군요."

"충분히 이해합니다."

광분한 한인들에 의해서 하룻밤 사이 사망한 일본인이 수십 명이였고 불에 타 전소한 건물들도 여러 채였다.

"그래서 준비해 왔습니다. 이것 좀 보십시오."

"뭡니까?"

"한인들이 일본인들에게 분노할 수밖에 없는 이유입니다."

대찬이 토마스에게 보여 준 것은 사진이었다. 사진첩을 받아 들고 천천히 살펴보던 토마스는 이내 인상이 찌푸려졌다.

"기분이 좋지 않군요."

잠깐 살펴본 사진첩을 내려놓고 불쾌한 감정을 보였다.

"식민지가 되어 버린 한국에서 매일같이 일어나는 일입니다. 이걸 직접 겪은 사람들이 이곳으로 이주한 한인들입니다."

"흠, 이해는 했습니다. 그렇지만 앞으로는 그 사진들을 공개하지 않는 게 좋을 것 같군요."

"불쾌하신 점 사과드리겠습니다. 하지만 토마스 씨의 이해를 돕기 위해서는 이게 최선일 것 같았어요."

증거, 대찬은 한국이 광복한다는 조건하에 회귀 전 대한민국의 '물 대응'보다 확실하고 불같은 대응을 하고 싶었다. 그래서 조금씩 증거와 자료를 모으기 시작한 것이 작은 방을 가득 채울 정도로 많았다.

"그래도 일본인들에게 보상을 해 줘야 할 것 같습니다."

"물론입니다."

"그리고 한인들이 재평가되는 것은 피할 수 없을 것 같습니다."

"알겠습니다."

토마스에게 재발 방지를 약속하며 대찬은 불편한 미국인들의 마음을 풀어 주기 위해 광대한 로비를 지시했다. 동시에 죽은 일본인들에게 보상금으로 후하게 1만 달러씩 쥐여 주었는데, 그 수가 약 쉰 명 가까이 되었다.

이 사실을 알게 된 일본 정부에서는 미국 정부에 강력하게 항의했다.

'관련자를 찾아내 처벌해 주십시오.'라고 말하며 공식적으로 요구하였다.

미국은 '상황이 이미 정리되었고 보상까지 끝났습니다. 정부에서 종결지은 일을 거론하는 것은 명백한 내정간섭임으로 더 이상 거론하지 마십시오.'라고 대응하며 일을 마무리 지었다.

한편 일을 주도했던 손명건은 뜻을 같이하는 사람들을 모아서 한인수호단이라는 단체를 만들었다. 그들은 표면적으로는 애국 단체였지만, 내부에서는 일본인과 친일파 척살을 내세우며 깊은 항일 의식을 키워 나갔다.

확장

　대찬의 공장에서 생산되고 있는 전투식량은 음식을 가공하여 병이나 양철통에 담아 밀봉하는 방식을 사용했다.

　그렇지만 음식마다 따로 밀봉하면 부피도 많이 나가고 무게도 무겁기 때문에 대부분 네모나고 납작한 통을 만들어 속에 칸막이를 배치해 내용물이 섞이지 않게 주의하여 만들었다.

　서로 장단점이 있었지만 개별로 따로 포장된 것이 더 고급으로 판매되었다.

　오늘은 공장이 평소와는 달리 어수선했는데, 카길에서 기술을 배우기 위해 파견한 사람들이 많았기 때문이다.

　"맛이 좋네요?"

　밀봉한 지 1년이 넘은 제품을 개봉하였는데, 입맛에 맞는

지 후한 평가를 내리며 시식했다.

"처음에 만든 것들은 이것보다 맛이 상당히 떨어졌는데, 꾸준한 연구를 통해서 제품의 질을 많이 향상시킬 수 있었습니다. 한번 드셔 보시겠습니까?"

"아직도 보관되어 있나요?"

"아직까지는 괜찮습니다."

안내를 맡은 준명은 초창기에 만들어졌던 제품을 꺼내 개봉하였다.

"음, 확실히 이건 못 먹겠네요."

"하하, 그렇지요?"

"그런데 기존의 전투식량은 부피가 크고 무게도 상당하군요? 다른 방법은 없습니까?"

"새로운 전투식량을 개발한다고는 들었는데, 진행 과정은 아직 잘 모르겠습니다."

'대찬이한테 한번 물어봐야겠네.'

준명이 느끼기에도 운송하는 것이 굉장히 불편했다. 양철의 무게와 음식물의 무게가 더해져서 불편한 점이 많았다.

기술이전은 적극적으로 협조하자 금방 이루어졌다. 하지만 전투식량을 만들 수 있는 기술만 제공했기 때문에 카길의 전투식량은 바로 시판되지 못했다. 이미 판매되고 있는 질 좋은 제품이 있기에 더 좋거나 비슷한 수준이 되어야 한다는 것을 카길은 인지하고 있었다.

카길에 전투식량의 기술을 이전해 줬다는 사실은 각국 수뇌부에 빠르게 보고되었다.

그러자 어느 순간부터 대찬의 전화는 잠시도 쉬는 시간이 없어졌고 방문자도 굉장히 많아졌다.

"사울 씨가 직접 오셨습니까?"

'캐나다도 마음이 급한가 보네?'

캐나다도 전쟁에 참여한 군인의 숫자가 적지 않았다. 그만큼 소비되는 물자가 많다는 뜻이기도 했다.

"하하, 정부에서는 제가 적임자라는 생각을 했는지 단번에 저에게 출장을 권하더군요."

"캐나다도 역시?"

"맞습니다. 정식으로 기술이전을 바라고 있습니다."

대찬은 캐나다에게 받아 낼 것은 무엇인가 생각하기 시작했다.

'생각해 보니 캐나다에서 얻을 것이 없네? 굳이 하나 뽑자면 연해주를 러시아에서 사는 일인데, 아직은 시기상조야……'

아직 사할린도 관리되지 않는 상태에서 덜컥 연해주를 얻기에는 위험부담이 컸다.

"딱히 원하는 것이 없으시군요?"

골똘히 생각하는 대찬에게서 조건이 나오지 않자 사울은 그것을 짚어 내었다.

"제가 생각이 너무 깊었습니다."

"하하, 그렇다면 먼저 기술을 제공해 주시고 나중에 원하는 것을 말씀해 주시는 것은 어떨까요?"

뻔뻔하게 기술을 먼저 요구하는 사울을 보며 대찬은 순간 욱할 뻔했다.

'캐나다 인물들은 하나같이 속 긁는 재주가 있단 말이야? 그런데 카길에 의사를 물어보지 않고 마음대로 기술이전을 해 주는 것도 아닌 것 같은데?'

지분을 30퍼센트나 제공하고도 전수받은 기술에서 이익을 얻지 못한다면 좋은 관계가 틀어질 것은 분명해 보였다.

'차라리 카길에서 기술이전을 받으라고 하면 수익을 낼 수 있겠네?'

카길이 이전받은 기술에 대한 특허권은 대찬에게 있기 때문에 허락 없이 다른 곳에 전수할 수는 없었다.

'하지만 내가 풀어 준다면 카길은 많은 이익을 볼 수 있을 거야.'

지분의 30퍼센트를 준명이 소유하고 있었으니 카길이 수익을 올린다면 생색도 낼 수 있었고 적지 않은 금액이 준명을 통해 들어올 것이다.

"카길과 협상해 보시는 것은 어떻습니까?"

"카길과요? 진심이십니까?"

"그렇습니다."

"알겠습니다. 그럼 카길과 협상해 보도록 하죠."

귀찮은 일을 피할 수 있고 생색은 생색대로 내며 수익금도 얻을 수 있기 때문에 좋은 선택을 했다며 스스로 만족해했다.

사울이 떠나자 대찬은 카길에 전화를 걸었다.

—여보세요?

"샌프란시스코의 존입니다."

—오랜만입니다. 좋지 않은 소식이 들리던데, 잘 해결되었는지 모르겠군요?

"원만하게 해결되었습니다. 신경 써 주시니 진짜 가족이 된 것 같네요."

—하하. 소식을 듣고 많이 신경 쓰였는데, 우리가 가족이 되어 가서 그러는 것 같습니다.

"스티븐 씨, 전투식량 말입니다."

—전투식량요? 존 씨 덕분에 곧 시판할 수 있을 것 같습니다.

"그래요? 축하합니다. 그런데 요즘 저에게 전투식량에 관련해서 연락이 많이 오더군요."

—역시 기술이전이겠지요?

스티븐 역시 돌아가는 판세가 보였는지 살짝 어두워진 목소리로 말했다.

"네, 돌아가는 흐름이 기술이전을 해 줘야 할 것 같습니다. 그런데 카길에서 기술이전을 하지 않으시겠습니까?"

—네? 우리 회사에서요?

"맞습니다. 그쪽에 기술이전한 지 얼마 되지 않았는데 다른 곳에 전해 주기가 껄끄럽더군요. 그래서 이번 기회에 카길 주도로 기술이전을 하는 게 어떨까요?"

-와, 그럼 많은 수익을 올릴 수 있을 것 같습니다. 그런데 그래도 괜찮겠습니까?

스티븐은 조심스럽게 대찬에게 의견을 물었다.

"가족이 왜 가족이겠어요? 이번 기회에 많은 수익을 올리면, 좋을 것 같습니다."

-하하, 감사합니다.

"그럼 저에게 오는 모든 연락을 카길로 돌리겠습니다."

스티븐과 기분 좋게 통화를 마무리하고 전투식량 기술이전과 관련된 모든 것들은 카길로 돌리라는 지시를 했다.

그러자 한동안 시끄럽던 전화는 조용해졌고 며칠이 지나자 카길에서 좋은 소식을 전해 왔다.

대찬이 기술이전 협상의 통로를 카길로 일원화시키자 기술을 얻기 위해서는 카길과 협상해야만 하는 구조로 바뀌었는데, 이것을 기회라 느낀 카길은 기술이 필요한 모든 곳을 한자리에 모아 기술이전 비용으로 2천만 달러를 제시하였다.

"협상은 없습니다."

협상 자체를 막아 버리고 공식적인 가격을 제시함으로써 배짱을 튕겼다. 그럼에도 불구하고 각국에서는 흔쾌히 그 가격을 지불했다.

소식을 들은 대찬은 입가에 미소가 그려졌다.

"확실히 선택을 잘했네."

손대지 않고 코 푼 격이었는데, 지루한 협상을 하지 않고 많은 수익을 올릴 수 있었기에 크게 만족스러웠다.

"어차피 길어 봐야 몇 년 안에 판매가 급감할 것이었으니까."

미소를 지으며 보고서를 읽던 중 대찬의 얼굴을 급격히 찌푸려졌다. 기술이전을 받아 갈 명단에 일본이 포함되어 있었다.

"일본? 이런 젠장!"

전투식량의 가장 큰 장점은 야전에서 쉽고 편하게 먹을 있다는 것이다. 야전 활동에서 먹는 것만 제대로 공급된다면 전쟁 수행 능력은 비약적으로 상승했다.

"어휴."

갑자기 눈앞이 컴컴해지면서 골이 띵하며 울렸다. 자신에게는 절대로 찾아오지 않는 일본이었기에 당연히 기술이전에서 일본은 생각하지 않고 있었으나 그런 복잡한 사정을 알리 없는 카길이 판매한 것이다.

'미리 언질을 줬어야 했는데!'

취소하기엔 너무 늦었다.

"으윽."

쓰린 속을 달랠 길이 없었다.

따르릉

"여보세요?"

속상한 마음을 다스리며 전화를 받았다.

ㅡ토마스입니다.

"네, 토마스 씨 웬일이에요?"

ㅡ위에서 존 씨가 내린 결정에 굉장히 반기고 있어요.

"네?"

ㅡ일본에 기술이전을 해 준 것 말이에요. 아주 칭찬이 자자해요. 하하.

토마스는 대찬의 쓰린 속을 긁었다.

"하, 하…… 다행이네요."

ㅡ이번 일로 일본과의 일이 문제없이 마무리될 것 같습니다.

'끄응.'

겉으로 내색할 수 없기에 속으로 앓았다.

"저도 미국인인데요. 해야 될 일을 하는 거죠……."

ㅡ하하, 그렇습니까? 그럼 다음에 만나서 식사라도 하시죠.

"알겠습니다. 다음에 뵙죠."

토마스와 전화를 끊고 대찬은 속이 울렁거렸다.

"욱, 욱."

곧바로 쓰레기통을 붙잡고 토악질하기 시작했다.

"우웩……."

한참 속을 게워 낸 다음 앉아 있는 의자에 축 늘어져 평소보다 깊은 한숨을 내쉬었다.

반면 카길은 대찬의 속을 아는지 모르는지 기술이전을 성공적으로 마무리하고 곧 전투식량의 생산 계획을 취소하더니 곡물을 수출할 계획을 세웠다.

다음 날부터 대찬은 아프기 시작했다. 온몸에서 열이 나고 똑바로 정신을 차릴 수 없었으며 살짝 눈을 뜨면 두 눈은 시뻘겋게 충혈되어 흰자위가 붉게 보였다.

"너 때문이야!"

꿈속에서 하얀 소복을 입고 온몸에 피 칠갑을 한 여인이 나타나 대찬을 꾸짖었다.

"그러려고 그랬던 게 아니에요."

"그게 뭐가 중요해! 너 때문에 죽었어!"

"죄송해요. 잘못했어요."

"그런 말을 하면 내가 되살아나?"

여인의 눈에서는 피눈물이 뚝뚝 떨어졌다.

"죄송해요."

"으앙, 억울해서 저승에 어떻게 가나?"

여인의 피눈물은 주변을 점점 잠식해서 주변을 가득 메워 갔다. 그러다 곧 숨 쉴 수 없을 만큼 피가 바다를 이루었다.

"허어억."

침대에 누워 있던 대찬은 눈을 번쩍 뜨고 거친 숨을 몰아쉬었다.

"대찬! 정신이 들어요?"

밤새워 간호를 한 엠마는 침대에 살짝 걸친 자세로 졸고 있었다. 그러다 갑자기 큰 숨소리에 정신이 번쩍 들어 대찬을 보니 아프기 시작한 이후와 달리 눈에 초점이 있었다.

"무, 물……."

"아! 여기 있어요."

힘겹게 물을 마신 후에 엠마를 한참 바라보다 다시 잠이 들었다. 고른 숨소리가 들리자 엠마는 크게 숨을 쉬었다.

대찬은 시간이 지나 앓아누운 지 딱 일주일이 지나서야 일상생활이 가능해질 정도로 회복할 수 있었다.

야심한 밤, 넓은 창을 통해 창밖을 바라보며 사색에 빠졌다.

'언제나 호시탐탐 노리고 있다.'

이번 일을 통해서 일본이 얼마나 대찬에게 집중하고 감시하고 있는지 뼈저리게 느낄 수 있었다.

'앞으로 개발하는 중요한 것들을 숨길 필요가 있다. 그리고 확실한 관리가 필요해! 이번처럼 남에게 맡기다가는 무슨 일이 생길지 알 수가 없다.'

일본이 개발하는 것은 막을 수는 없지만 개발해 놓은 것이 일본으로 넘어가는 건 기필코 막아야 했다.

'무조건 채텀제도를 구입해야겠어!'

대찬이 채텀제도를 고집하는 이유는 제주도와 비슷한 크기에 뉴질랜드에 속해 있는 섬이기는 했지만, 뉴질랜드 본토와는 약 800킬로미터의 거리가 있어 누군가 상주하고 감시하지 않는다면 그 안에서 무슨 일이 일어나도 비밀을 유지할 수 있기 때문이었다.

'뎁스 씨와 적극적으로 연락을 취해 봐야겠어.'

한편으론 군대를 만들어 일본과 지금 당장 광복을 위한 전쟁을 시작할 경우 독립할 수 있을까를 시뮬레이션해 보았다.

'불가능……'

인구와 물산에서 너무 큰 차이를 보이기 때문에 운이 좋아 광복을 하게 되더라도 유지하기는 힘들다는 결론이 나왔다.

일본이 제국주의를 내세우며 끝없는 정복욕을 보이는 지금, 한인들은 내구력이 약한 상황이라 이길 수가 없을 것 같았다.

'물산은 내 모든 사재를 털어서라도 마련할 수 있을 것 같지만, 귀한 생명들은 한번 죽으면 다시는 되돌아오지 못한다. 그리고 국제 정세도 무시할 수 없지.'

일본은 영국과 동맹 상태였고 똑같이 식민지를 운영하고 있었다. 일본에서 한국이 무장투쟁을 하여 독립하면 인도 역시 사례를 본받아 무장투쟁을 원칙으로 삼을 것이다. 영국의 입장에서는 결코 좋은 일이 아니었으니, 일본의 편에 서서 옹호할 게 너무나도 뻔해 보였다.

'광복군과 독립운동하는 분들에게는 죄송스럽지만 아직은 때가 아니다.'

세계적인 식민지 역사는 과거가 아닌 현재였다.

'일단 할 수 있고 해야 하는 일 먼저 하자!'

새로 계획을 세우고 바로 시작했다.

제일 처음 시작한 일은 부족한 한인들의 인구수를 늘리는 일이었다. 전체 한인들의 인구수를 대략 1,700만 정도로 추정을 하고 있었는데, 일본과 맞서 전쟁을 수행하기에는 턱없이 부족했다.

대찬은 부족한 인구수를 늘릴 방법을 고심하다가 미래에서 저출산 문제로 고민하는 정부에서 내놓은 대책을 본떠서 지원하기 시작했다.

결혼을 할 시에는 신혼집을 마련할 수 있는 금액을 초저금리에 빌려주었고 임신 축하금과 애가 태어날 때마다 탄생 축하금을 지원했다. 그리고 건강하게 자랄 수 있도록 꾸준하게 지원할 수 있는 방안을 만들었다.

결국 많이 낳으면 낳을수록 이득이 되는 구조를 만들어 냈다.

한인들을 위한 정책을 원활하게 수행할 수 있도록 당연하게 정부처럼 수행할 수 있는 곳이 필요했는데, 마침 연금을 만들려고 했기 때문에 캘리포니아에 북미한인은행을 만들어서 실행할 수 있는 기반을 만들었다.

금전적인 지원과 더불어서 질병에 대해 자유로울 수 있도록 각지에 병원 설립을 하였는데, 아직까지 소아과나 산부인과 이비인후과 같은 분과의 개념이 없었기에 의사들이 한 분야에 전문적으로 집중하는 것을 권장하였다.

인구수를 늘리기 위해서 지원을 하기 시작하면서 문제가

생겼다.

"대찬아, 다른 민족들의 불만이 굉장히 크다고 들었다."

모든 혜택이 한인들에게만 돌아가니 주변에서 지켜보는 다른 민족들의 불만이 커 가고 있었다.

포드사에서는 갑자기 월급을 두 배 올려 줌으로써 1백 달러 정도 되는 월급을 받았는데, 그 이유는 창업자이자 경영자인 헨리 포드가 노동자들이 차를 사는 것이 자신에게 이득이라고 느껴서 월급을 올려 주었던 것이다.

하지만 현재 미국의 노동자들의 평균 월급은 50에서 60달러 정도였다. 그런데 대찬이 아이 한 명당 지원하는 금액이 10달러 정도였으니 적은 금액이 아니었다.

대찬은 슬며시 에릭을 쳐다보았다.

"제 개인적인 의견으로는 지원하는 정책들을 전면 폐지해야 한다고 생각합니다."

"그럴 수 없다는 것은 알고 있죠?"

"그렇습니다."

수뇌부 회의에 참석한다는 것은 한인들의 깊은 내부 사정을 알 수 있다는 뜻이었다. 대찬은 한인들의 인구수를 적극적으로 늘리기 위해서 이러한 정책을 편다는 것을 가까이 있는 이들에게 먼저 설명했고, 동의를 얻은 다음 실행했기 때문에 이유와 방향에 대해서는 명확하게 이해하고 있었다.

"그럼 캘리포니아에서 모든 민족에게 이러한 정책을 실행

한다면 자금이 받쳐 주겠습니까?"

미리 계산이 되었는지 철영에게서 거침없이 답이 나왔다.

"가능합니다. 그런데 앞으로가 문제입니다."

"앞으로요?"

"확대해서 지원을 한다면 자연스럽게 소문이 날 것이고 앞으로 캘리포니아에 얼마나 많은 사람들이 유입될지 알 수 없습니다."

간부들이 걱정하는 것은 단 하나였다. 현재까지는 꽹장히 많은 수입이 있기 때문에 지원을 해도 감당이 가능하지만, 이러한 혜택을 받고자 캘리포니아로 차츰 많은 사람들이 이주해 온다면 지원은 절대적으로 실행 불가였다.

지금 캘리포니아는 가뜩이나 인종차별이 심하지 않고 일자리도 많다고 소문이 나서 이주해 오는 사람들이 늘어나고 있었다.

대화를 듣고만 있던 에릭이 한 가지 제안을 했다.

"주 정부를 이용하는 것이 어떻습니까?"

"주 정부?"

"그렇습니다. 회사에서는 한인들만 책임지고 주 정부에 일정 금액을 기부한 뒤에 그 배분은 주 정부에서 하게 하는 것이지요. 그에 대한 칭찬이나 불만 사항도 모두 주 정부가 받도록 하고요."

"좋은 생각입니다."

아메리칸
드림

주변에서는 모두 고개를 끄덕이며 해답을 찾았다는 듯 분위기가 밝아졌다.

"현재 한 달에 지원금 지출이 얼마나 되죠?"

"약 3백만 달러 정도 됩니다."

한 달에 들어오는 수익금의 절반도 되지 않는 금액이었다.

"그렇다면 똑같이 3백만 달러를 주 정부에 기부하는 것으로 하지요."

그 외에 다른 사항들을 의논하고 회의가 끝나자 다른 이들은 자신의 일을 하기 위해서 돌아갔지만 준명은 남아 있었다.

"대찬아, 내가 생각해 본 것이 있는데 말이야."

"뭔데?"

"지금 전투식량이 양철통으로 만들어지고 있잖아?"

"그렇지."

"더 가벼운 소재로 만들 수는 없을까?"

"응?"

"철의 무게 때문인지 무겁고 자리도 많이 차지해서 말이야. 더 가볍고 보관하기 편한 용기가 있으면 좋을 것 같아."

기술력의 부족으로 소재가 개발되지 않아 무겁고 불편하지만 아직 양철통을 쓰고 있었다.

'레토르트 전투식량을 만들기는 해야 되는데······.'

기존의 양철통 전투식량과는 다르게, 플라스틱 필름이나 주머니에 밀봉하고 가벼운 소재로 만들어져서 소지하기 용의한 것이 레토르트 전투식량이었다.

대찬 역시 회귀 전 군 생활에서 본 레토르트 전투식량을 만들고자 했지만 만드는 방법을 모르니 양철통으로 대체하고 있었다.

"네 말이 맞아, 우리 같이 생각해 보자."

"응!"

"그런데 혼인 준비는 잘돼 가?"

"하, 하하."

준명은 바로 뒤돌아서서 로봇처럼 삐걱거리며 방을 나섰다. 그런데 얼굴이 붉게 상기되는 것이 싫지만은 않은 눈치였다.

주 정부에 300만 달러를 기부했단 소식은 캘리포니아에 거주하는 사람들을 들뜨게 했다. 한인들을 보며 불평을 갖던 사람들도 자신들에게 지원될 돈을 생각하며 잔뜩 기대하는 분위기였다.

하지만 시간이 지나도 주 정부에서는 이렇다 할 지원책과 정책 발표가 없었다. 이에 의아함을 느낀 대찬은 토마스에게 전화를 걸었다.

-여보세요?

"토마스 씨, 저 존입니다."

―아, 존, 그렇지 않아도 전화하려던 참이었는데, 먼저 전화를 했군요.

"그렇습니까?"

―맞아요. 주 정부에서는 갑자기 생긴 큰돈 때문에 내부 잡음이 있는 것 같더군요.

"무슨 뜻이죠?"

―주 정부에서는 대찬이 하는 것과 똑같이 배분해서 지원해 줘야 한다는 쪽과 기금을 조성해서 파이를 키우자고 주장하는 쪽이 서로 팽팽하게 맞서고 있어 합의가 안 되는 걸로 알고 있어요.

"허……."

어이없는 소식에 대찬은 허탈한 한숨만 나왔다.

"합의를 하고 기부를 했잖아요?"

―물론 그렇지요. 그런데 지원해 줘야 한다는 입장에서는 민족이나 인종 간에 차별을 두고 배분해야 한다는 주장이 더 강하다고 들었습니다.

대찬이 주 정부에 기부를 하고 배분의 역할을 맡긴 이유가 있었다. 캘리포니아에서 주 정부를 무시할 수도 없거니와 일개 사업가로서 월권행위인 것이 아닌가라는 생각 때문에 직접 나서서 하지 않고 주 정부를 끌어들인 것이었다.

"원만하게 해결되지 않는다면 제가 주 정부에 계속 기부할 필요가 있겠습니까?"

　-단발성 기부가 아니었습니까?

"여력이 되는 한 계속해서 기부금을 낼 것입니다."

　-그렇군요. 그럼 주 정부에서는 쓸데없는 고민을 하고 있었
군요.

"한인들만 지원해 주자니 다른 민족들의 불만이 너무 눈에
띄어서 주 정부에 기부를 한 것입니다."

　-이런, 이런. 일단 알겠습니다. 곧 좋은 소식이 들릴 겁니다.

"토마스 씨, 인종 간에 차별 없이 똑같이 지원해 주시기
바랍니다."

　-흠, 의사를 전달해 보도록 하죠.

"그런데 혹시 흑인들 때문에 그러는 겁니까?"

　-부정은 못 하겠습니다.

미국에서 가장 불쌍한 인종을 뽑으라고 한다면 미국의 원
주민인 인디언들과 아프리카에서 노예로 끌려와 자유의 몸
이 된 흑인들이었다. 이들은 절대 사람이 많은 곳에 나가지
도 않았고 행동반경도 극히 좁았다.

"그렇다면 제가 안고 가겠습니다."

　-그래 주시겠습니까?

대찬의 회사에는 흑인 노동자들이 꽤 많았다. 평등하게 대
하고 차별이 없자 오히려 그 모습에 감사해하며 과잉 충성을
보이는 경향도 있었다.

-하하, 짐을 덜어 주셔서 고맙습니다.

"그럼 처음 합의대로 진행해 주시면 감사하겠습니다."

-물론이죠. 하하, 곧 좋은 소식이 전해 질 것입니다.

토마스의 걱정이 없는 목소리를 끝으로 전화는 끝이 났다.

회귀하기 전에 자랑스럽게 미국인임을 외쳤던 흑인들이 기억나자 대찬은 갑자기 의문이 생겼다.

'지금 흑인들에게 국적을 물어보면 미국인이라고 할까?'

대찬은 한인들 역시 지금처럼 노력해서 위상을 올려놓지 않았다면 흑인들과 별반 다르지 않았을 것임을 알고 있었다.

'흑인들에게 한인으로서의 정체성을 심어 주고 끌어들일까?'

출산을 장려하는 정책을 펼쳐는 이유는 일본의 인구수가 부담스럽기 때문이었다. 인구가 많을수록 전쟁에 나설 수 있는 군인의 수는 많아지는데, 한인은 인구수가 너무 적었다.

'끌어들인다고 가정한다면, 나중에 문제가 없을까? 굳이 단일민족을 고수해야 하는 걸까?'

결정은 할 수 없었지만 여러 가지 경우의 수를 생각하며 바뀔 미래에 대해서 진지한 고민을 했다.

주 정부에서는 전격적으로 지원 정책을 발표하며 신청한 사람들에 한해서 지원을 하기 시작했다.

여기서 주 정부의 꼼수가 있었는데, 신청한 자들에 한해서 지원한단 점이었다.

문맹률이 지독히도 높은 시대에 스스로 신청서를 쓸 수 있는 사람이 많지 않았다. 그중에서도 필히 지원을 받아야 살 수 있는 사람들 같은 경우 교육률이 낮았기 때문에 일정액의 수수료를 받고 신청서를 대필해 주는 사람들이 생겨났다. 여러모로 대찬이 제안한 정책과는 다르게 흘러갔다.

보고서를 받아 보며 대찬은 고개를 저었다.

"이래서야 주 정부를 믿을 수 없을 것 같네요."

"확실히 행정적으로 부족한 게 사실인 것 같습니다."

"주 정부에 교정할 것을 알려 주시고 그것이 실행되어야지 기부가 계속 이어질 것이라고 압박해 주세요."

"알겠습니다."

"그리고 흑인에 대한 지원은 어떻게 되고 있나요?"

"무난하게 진행되고 있습니다. 오히려 주 정부에서 지원받는 것을 두려워하고 있었기에 굉장히 환영하는 기색이었습니다."

"주 정부에서 지원받는 것을 두려워한다고요?"

"네, 아무래도 세상이 흑인들에게는 위협적이니까요."

철영은 오히려 새삼스레 되묻는 대찬이 의아했다.

"흑인들은 미국인일까요?"

"글쎄요."

"그럼 우리는요?"

"그것도 모르겠네요."

"에릭, 에릭은 이태리인이에요, 미국인이에요?"

아메리칸
드림

그는 어깨를 으쓱이며 자신 있게 답했다.

"둘 다입니다."

"그럼 후손들은요?"

"역시 둘 다입니다."

"이유가 있나요?"

"뿌리는 바뀌지 않기 때문이죠."

"뿌리……."

"Il sangue non e' acqua."

이탈리아어로 말하는 에릭에게 시선이 집중됐다.

"한인들에게 배운 겁니다. 피는 물보다 진하다."

대찬은 대답 대신 고개를 끄덕이며 고민이 해결됨을 느꼈다.

날씨가 풀리기 시작하면서 애초에 계획했던 사할린으로 배를 띄울 수 있었다. 북극권에 속해 있는 곳이었기 때문에 바다가 얼어 버려서 한참이나 늦은 출발이었다. 배에는 많은 식량을 실었는데, 추운 날씨 때문에 광복군의 보급을 최우선으로 생각했기 때문이었다.

"드디어 출발하는구나!"

지난 겨울 동안 소식이 닿질 않아 걱정이 컸던 만큼 광복군의 상황이 너무나 궁금했다.

"희소식만 있기를……."

　캐나다에서도 시간이 지나면서 사할린 탐험 붐이 약간 수그러들었지만 여전히 사할린을 가기 위해서 대기하고 있는 사람은 많았다.

　첫 배가 뜬다는 소식에 사람들의 기대가 컸지만 일반인에게 많은 자리를 배정할 수 없었기에 실망하는 사람들이 많았다.

　첫 배가 사할린으로 향하고 며칠 뒤 두 번째, 세 번째 배가 연이어 출항했다.

　첫 번째 배가 식량과 항구를 만들기 위해 많은 물자를 실었다면, 두 번째는 사람들 위주였고 세 번째 배는 부족하다 싶은 물자와 사람 들을 절반씩 싣고 출발했다. 그리고 바다가 얼기 전까지 꾸준히 정기선 운행을 계획했다.

　순조롭게 사할린과 교통이 연결되자 쇄빙선의 개발 상황이 궁금해진 대찬은 관련된 보고를 받기 시작했다.

　"현재 골격은 개발이 완료되었다고 합니다."

　"그럼 뭐가 문제인가요?"

　"얼음을 깰 선미 쪽의 효율성을 연구하고 있답니다."

　"그럼 쇄빙선을 만들 수는 있다는 말이지요?"

　"효율성을 생각하지 않는다면 그렇다고 말할 수 있습니다."

　"퀸샬럿 제도의 조선소는 완공되는 데 시간이 얼마나 걸립니까?"

　"완벽하게 완공하려면 아직도 시간이 많이 필요하다고 보고받았습니다."

"그럼 우선 건조할 수 있게 도크 하나를 만들라고 지시한
건 어떻게 됐어요?"

"어제 준비되었다고 연락받았습니다."

"그럼 최근 스웨덴에서 만들어진 쇄빙선 사진 있지요?"

"네."

"효율성 같은 것은 따지지 말고 일단 모방해서 건조하세요."

"알겠습니다."

"제레미, 부탁해요."

고개를 살짝 끄덕이며 일을 하기 위해 떠난 제레미는 에릭
의 소개로 합류했는데, 해군에서 미운 오리 취급을 받던 사
람이었다. 이유는 단 한 가지, 부모 중에 한 사람이 흑인이었
던 것이다.

제레미의 외모는 백인이었지만 순결하지 못한 그의 혈통
은 배척당하기에 충분한 사유가 되었다. 그렇다고 그의 능력
이 부족한 것은 아니었는데 에릭이 소개해 주면서 한 말이
있다. 그는 '제레미는 임관 전 사관학교에서도 수석을 차지
할 만큼 능력이 출중합니다. 정당한 대우를 받았다면 벌써
거물급 인사가 되어 있었을 겁니다.'라고 말했다.

그만큼 제레미의 능력을 출중하다 여겼는데, 베라크루스
점령 작전에서 유일하게 피해가 없는 중대가 그의 중대였다
고 했다.

하지만 능력과는 반대로 진급은 계속해서 누락되었다. 대찬의 제의를 받고 전역했을 때, 나이는 반백이 다 되어 가는데 그의 계급은 대위에서 멈춰 있었다.

"어이가 없지……. 출신 성분에 의해서 한계가 정해져 버린다니."

사실 현재만의 문제는 아니었고 미래에도 있는 일이었다.

"최소한 노력을 배신하는 사회는 아니야!"

대찬이 지켜본 제레미는 묵묵히 자신의 일을 하는 사람이다. 그렇다고 능력이 부족한 것도 아니었고 부족하다 싶으면 꾸준히 능력을 향상시키기 위해서 노력했다. 인간관계도 원만하고 인간성이 무척 좋은 사람이었으나 결혼을 하지 않았다.

그래서 대찬은 이유를 묻자 그는 씁쓸하게 웃으면서 처음으로 깊은 속내를 얘기했다.

─제레미는 왜 결혼하지 않죠?
─제 자식에게 천형을 물려주고 싶지 않군요.

하늘의 벌.

제레미 스스로 자신의 혈통을 벌이라고 생각하며 속이 썩을 대로 썩어 있었다. 그런 그에게 어떠한 말로도 위로할 수 없음을 알기에 대찬은 아무런 대답도 할 수 없었다.

아직까지는 수익이 많았지만 지출이 늘어나면서 전쟁이 끝날 시에 지출이 수입을 역전할 것이라는 점이 눈에 들어왔다. 특히 포드가 직원들의 월급을 두 배 이상 올렸기 때문에 직원들의 월급을 올려 줘야 했다.

"새로 사업체를 늘려야겠네."

현재의 사업으로도 관리하기 벅찼기 때문에 더 이상 늘릴 생각을 하지 않았었지만, 돈을 더 벌어야 지출을 유지할 수 있으니 새로운 사업을 구상하기 시작했다.

"뭐가 좋을까?"

미래를 대비하고 사업체를 만든다면 수없이 많은 것들을 만들 수 있었지만, 당장 수입이 늘어야 하기 때문에 바로 돈이 될 것 같지 않은 것은 제외시켰다.

"쉽게 접할 수 있고 싸고 판매가 잘될 것…… 왜 음식만 생각나지?"

음식이 생각이 나자 한 가지 덧붙여지는 것이 있었는데, 대량생산이었다.

"대량생산? 마트 가면 쉽게 볼 수 있던 것? 과자!"

종류도 많았고 대량생산이 가능하며 맛도 어느 정도 보장되었다. 특히 간단한 간식류로는 최고의 음식이었다.

"포장이 문제네."

비닐이 없는 시대였기 때문에 상하지 않게 오랫동안 포장하는 포장지가 중요했다. 대찬이 겪었던 대부분의 스낵은 튀기기 때문에 눅눅해지지 않기 위해 잘 밀봉되어야 했었다.

"일단 비스킷류로 시작하고 정식으로 연구소에 플라스틱 수지 연구를 지시해야겠다."

마음을 정하고 구상하기 시작하다 보니 한 가지 더 생각나는 것이 있었다.

"시리얼도 만들어 볼까?"

이미 1863년 미국의 제임스 케일렙 잭슨James Caleb Jackson에 의해 발명된 최초의 시리얼 그래뉼라Granula. 이후에 1906년 켈로그를 포함해 많은 시리얼 회사들이 미시간 주 배틀크리크에 자리했다.

"거리가 머니까 캘리포니아 위주로 만들어 판매한다면 충분히 해 볼 만해. 마침 곡물 회사도 있으니 원가 절감도 많이 될 것 같고……. 다음은 과자 하면 빠질 수 없는 초콜릿이지!"

초콜릿을 만들기 위해선 카카오가 꼭 필요했는데, 카카오를 볶은 다음 갈아서 반죽한 다음 카카오에서 기름을 뽑아 적당한 설탕과 함께 섞어 만들면 초콜릿이 되었다. 여기에 유제품을 섞는다면 밀크 초콜릿이 되었고 각각 재료의 비율에 따라 맛이 달랐다.

"카카오는 남미에서 생산되니까 카카오를 생산하는 농장이 많이 있을 거야."

달콤한 초콜릿을 맛본 지 오래되었기 때문에 특유의 맛이 생각났다.

"좋아! 바로 실행하자!"

확실한 계획이라는 생각이 들자 바로 회의를 소집해 새로운 사업에 대해서 설명하고 일을 분배해 주었다.

사업체를 적어서 한눈에 알아볼 수 있게 나열해 보았다.

"정말 돈 되는 건 다 하고 있네."

식자재 생산을 시작으로 가전제품에 군수물자 그리고 유통에 판매까지 하고 있었다.

"관리하기 힘드니까 비슷한 사업들끼리 묶어서 관리하는 팀을 만들고 정해야겠다."

현재 사업의 진행은 대찬의 인가가 떨어져야지만 운영이 되는 구조였다. 하지만 이런 구조는 결정권자가 없으면 한순간 업무가 마비될 수도 있어 위험했다.

"나 없이도 원활하게 운영되어야 해."

이러한 생각이 든 것은 울화병으로 자리에 누웠을 때 업무의 진행에 차질이 생겼기 때문이었다.

"나는 큰 그림을 그리고 나보다 똑똑한 사람들이 회사를 운영하는 것이 더 좋을 거야."

비슷한 사업끼리 묶고 그에 따른 인선을 짜기 시작하자 그나마 서로의 업무를 효과적으로 할 수 있을 것 같았다.

'그런데 에릭이나 제레미 같은 사람들을 신뢰할 수 있을까?'

대찬에게는 사업적 능력보다는 얼마나 신뢰할 수 있는지가 더 중요했다. 능력이 부족하다면 발전시키기 위해서 사람에게 투자할 수 있지만 사람은 속을 알 수 없기 때문에 확인할 수 있는 방법이 없었다.

'지금의 판단으로는 믿을 수 있는 사람들인데⋯⋯.'

신뢰할 수만 있다면 전적으로 권한을 줄 것이기 때문에 고민이 컸다.

'이럴 때 왜 그 영감만 생각나는지⋯⋯.'

피식 웃음을 지으며 전화기를 들었다.

─오, 손녀사위. 결혼 준비는 잘되어 가는가?

"엠마에게 맡겨서 저는 잘 몰라요."

─그래? 오늘은 또 뭘 얻어 내려고 전화했나?

"제가 필요할 때만 전화했던가요?"

─우리가 수다 떨기 위해서 전화하지는 않았지, 아마도.

"하하, 그건 그러네요."

─자, 속 시원하게 이야기해 보게. 이제는 진짜 가족이 되니까 말이야.

"존은 부하 직원들을 믿으세요?"

─응? 당연히 안 믿지!

"그럼 어떻게 사업하세요?"

─의심하고 확인하고, 많은 돈을 손에 쥐여 주지.

아메리칸
드림

"안심이 돼요?"

－많은 시간을 투자해서 일을 하지는 않지만 회사가 돌아가는 것은 항상 파악하고 있다네. 그러니 나를 제외하고 모든 사람이 합심해서 속이지 않는 이상, 이상한 점을 바로 알 수 있으니 크게 걱정하지 않지.

"그런가요?"

－대충 자네가 고민하는 것이 무엇인지는 알겠네. 그런데 잘 생각해 봐, 나는 자네와 같이 하는 사업에선 보고만 받고 있지 일을 하지는 않아. 한마디로 표현하자면 사주랄까?

"사주……."

－그렇지. 나는 투자만 하고 다른 사람이 성공할 수 있는 계기와 능력을 발휘하고 부를 가질 수 있는 기회를 제공해 주는 거야.

"그것만으로 믿을 수 있을까요?"

－당연히 못 믿으니 계속해서 감시하고 한 번씩 감사를 하는 것 아니겠는가?

"그것을 제가 해도 순순히 받아들일까요?"

피부색은 대찬에게 가장 큰 걸림돌이었다. 백인이 아니라는 이유로 불공정하고 제대로 대우받지 못했다. 그리고 언제든지 큰 바람이 불면 쓰러질 수 있기 때문에 스스로 사리는 경향도 있었다.

－하하, 자신감으로 충만한 자네가 피부색 때문에 스트레스

가 큰 것 같구먼. 걱정하지 말게. 자네의 위치는 이미 충분하니까 말이야.

"네?"

—자네는 거물 기업가야. 자네가 휘청거린다면 얼마나 큰 여파가 올 것 같나?

"아…….."

대찬은 어느새 미국 경제의 일부분을 잠식하고 있었다.

—이제는 반대로 능력 있는 사람들이 자네 밑에서 일하고 싶어 하고 있을 거야. 자네는 기회를 열어 주고 감시만 하면 되네.

"큰 조언, 감사합니다."

—작은 말로 손녀사위에게 도움을 줄 수 있다면 언제든지 환영하네.

"하하, 든든하네요."

고민이 해결되자 존과 자질구레한 이야기를 하다 결혼식에서 보기로 약속하며 통화를 마무리 지어졌다.

"굳이 내가 전부 다 운영할 필요가 없다는 말이지?"

사주로서의 역할을 하며 업무 내용만 파악하고, 의심이 된다면 감사하면 되는 것이 존이 알려 준 방식이었다.

"제대로 된 인재만 모으면 된다!"

대찬은 즉시 간부들을 소집했다. 다행히 멀리 출장을 간 사람이 없어서 모두 샌프란시스코에 있었기에 회의를 할 수 있었다.

"오늘 여러분을 소집한 이유는 운영에 번거로움이 있으니 각자의 업무를 지정해 주기 위해서입니다."

간부들은 얼굴에 궁금함이 나타났다.

"쉽게 말해서 몇 가지를 제외하고는 전적으로 여러분들이 운영하는 것이지요. 저는 보고만 받겠습니다."

"이제까지 그렇게 해 왔지 않습니까?"

모두 고개를 끄덕이며 동의했다.

"지금의 방식은 여러분이 어떠한 의견을 내면 제가 결정하고 진행하는 것이잖아요?"

"설마?"

"그 설마가 맞을 것 같군요. 저는 앞으로 무슨 일이 어떻게 진행되는지 보고만 받을 겁니다."

수긍하는 사람이 있는 반면 반대하는 사람도 있었다.

"대찬아, 이제까지 네가 사업체들을 만들고 키워 왔는데, 그러다 잘못되면 어떻게 하려고 그러느냐?"

길현은 걱정이 가득한 말투로 반대 의사를 보였다.

"작은아버지, 정말 중요하다 싶은 것은 제가 관리할 거예요. 예를 들면 군수나 연구소지요. 그런데 다른 사업체는 여기 있는 분들이 운영하기에 충분한 능력을 갖췄다는 생각이 들어요."

"그래도 그렇지…… 쯧."

그는 마음에 들지 않는 듯 혀를 차며 불편한 마음을 보였다.

"앞으로 얼마나 더 많은 사업체가 생길지는 모르겠지만, 저 혼자서는 못해요."

"알겠다."

매일 많은 양의 업무를 소화하는 걸 옆에서 지켜봤기 때문에 끝까지 반대 입장을 보이지는 않았다.

"자, 그럼 이제 배분해 볼까요?"

대찬은 사업체들을 직접 관리하고자 하는 군수산업을 제외하고 가장 큰 분류로 나누었다.

업체들의 계열은 식자재, 기계, 유통, 관광, 건설, 제조로 나뉘었다. 이렇게 큰 틀을 만들고 하나씩 맡아 운영할 사업체들을 지정해 주었다.

그리고 마지막으로 철영은 대찬을 도와 총괄하는 자리를 주었다.

"자리가 남는 것은 어떻게 할 거야?"

준명은 사람이 부족하여 남는 업체들을 보며 물었다.

"외부에서 사람을 끌어올까 해."

"외부에서? 괜찮을까?"

"생각해 보니까 회사가 너무 폐쇄적이라는 생각이 들더라고."

사람들은 고개를 갸우뚱하며 이해가 안 된다는 표정을 지었다.

"주 고객은 다른 민족들이 대부분인데 회사의 수뇌들은 다 한인이라면 언제까지 사람들이 호의를 가질까?"

"그런데 네가 만들었잖아?"

"물론 회사의 주인은 나야. 대신 나보다 운영을 잘할 것 같은 사람한테 월급을 주며 운영을 맡기겠다는 거지."

"아, 그런 거였어?"

"그럼 뭐로 이해했는데?"

"회사를 나눠 주는 줄 알았지!"

"허, 그래 가지고 회사 운영 잘할 수 있겠어?"

준명에게 운영을 맡긴 회사는 식자재였는데, 근래에 카길과 혼인으로 엮여 적임자라는 생각이 들었기에 맡긴 것이었다. 사소한 실수만 줄인다면 보고 배운 것이 있기에 잘할 수 있을 것 같았고 무엇보다 그 일에 전문가인 처가의 도움을 받기 수월한 위치였다.

"솔직히 부담스러운데 열심히 해서 너를 이겨 보고 싶다!"

"하하, 열심히 해 봐!"

경쟁의식을 불태우며 눈을 반짝이는 준명을 보고 대찬은 흐뭇한 마음이 들었다.

철영은 최근 아주 능력 있는 사람을 발굴해 내었다. 처음에는 능력을 알아보려 작은 일을 맡겼는데 탁월하게 실력을 뽐내며 일을 해결하더니 오히려 그 이상을 해내었다.

그는 몇 번을 더 시험하고는 확실하다는 생각이 들자 대찬에게 소개장을 들고 찾아가게 하였다.

대찬은 찾아온 사내를 보며 소개장을 받아 읽은 후 입을 열었다.

"유일한 씨?"

"네."

"이번에 대학에 들어가셨네요?"

"맞습니다."

"그런데 일을 할 수 있겠습니까?"

"하고 싶습니다."

굉장히 유능한 인물이라 소개장에 적혀 있었기 때문에 바로 일을 시키고 싶었다. 하지만 대학을 다녀야 하기 때문에 그 점이 걸렸다.

"흠…… 차라리 지원을 해 줄 테니까 최대한 빨리 졸업을 해 보는 것은 어떨까요?"

"네?"

"입학을 한 학과도 상과군요. 생활에 불편함 없이 지원을 해 줄 것이니 최대한 빨리 졸업하고 오세요."

"알겠습니다."

유능한 사람이 굳이 대학 졸업까지 필요할까 싶은 마음도 있었지만 그래도 조금이라도 더 배우는 것이 좋을 것 같다는 생각이 들었다.

"최대한 빨리 다시 볼 수 있었으면 좋겠군요."

대찬은 일어나서 악수를 건넸다. 이에 일한은 대찬의 손을

아메리칸
드림

맞잡으며 고개를 끄덕였다.

'나야 뭐 그렇다 치지만 준명이는 대학을 다녀야 할 텐데…… 사람이 너무 없어.'

만성적인 인재 부족에 대찬은 한숨이 저절로 나왔다.

"앞으로 사할린은 또 누가 관리하지? 어휴."

푸념을 늘어놓는 걸 경호원 중에 한 명이 들었는지 대찬에게 말을 건넸다.

"혹시 최재형 선생에 대해 들어 보셨습니까?"

"아니요. 어떤 분인가요?"

"블라디보스토크에 있을 당시 멀리서 한번 본 적이 있는데, 러시아어도 유창하시고 그분의 소문을 들었을 때 감탄이 절로 나왔습니다."

경호를 해 주는 사람의 입에서 최재형의 이야기가 나오기 시작했다.

최재형은 함경북도 경원慶源 출신으로 함경도에 극심한 흉년이 들어 생계가 어려워지자 가족을 따라서 연해주 이주하였다.

이주 후에는 극심한 가난으로 먼 곳에 자리한 한인 학교를 다니지 못하고 근처의 러시아 학교를 다녔다. 그는 그곳에서 러시아어와 러시아 문화를 배웠다.

그 후에 가출하여 11세에 상선의 선원이 되었고 17세까지 상트페테르부르크와 블라디보스토크를 오가며 항해를 했으며 17세에는 장사를 시작해 돈을 벌었다. 그리고 부모가 있는 곳으로 돌아가 땅을 구입하여 농장을 운영했다.

그러다 을사늑약 이후 독립의 뜻을 품고 광복군에 투신했다.

"……그래서 현재는 광복군 진영에 합류해 계십니다."

"그렇군요."

'독립운동가 하면 생각나는 것은 대표적으로 유명한 몇 사람밖에 없었는데 너무 관심 없이 살았구나!'

대찬은 부끄러운 마음이 들었다.

"좋은 정보 고마워요."

"아닙니다."

'광복군에 투신해 독립의 의지를 불태우는 분인데 사할린 운영을 부탁한다면 들어주실까?'

예감은 좋았지만 반응은 어떨지 몰랐기에 걱정이 되었다.

"아, 차라리 몸이 열 개였으면 좋겠다!"

광복군

러시아 연해주沿海州의 동쪽 오호츠크 해에 위치한 사할린은 일본 홋카이도 북쪽에 연이어 있다. 일본에서 가라후토(화태, 樺太)라 부르는 이 섬은 원래 러시아 땅이었으나, 1904년 러일전쟁에서 승리한 일제가 북위 50도 이남의 남부를 차지하였다.

"젠장!"

높은 곳에서 첩보 활동을 하고 있던 광복군은 누런 군복을 입고 행군하고 있는 일본군을 발견했다.

처음 있는 일은 아니었는지 허둥대지 않고 곧바로 숨어 있는 공간을 벗어나서 소식을 알리기 위해 부리나케 달렸다. 그렇게 몇 시간을 쉬지 않고 걷자, 깊은 곳에 자리하고 있는 진영에 도착할 수 있었다.

"정지!"

입구에서 경계병이 진입을 막았다.

"나요! 일본군이 오고 있어요!"

서로 얼굴을 확인하기도 전에 일본군이 온다는 말에 경계
병들은 입이 거칠어졌다.

"씨팔! 또?"

"염병할. 어서 들어가 봐."

정찰병은 곧바로 간부들이 있는 건물로 뛰어 들어갔다.

"참모총장님!"

추위 때문에 얼굴이 하얗게 서려 있던 것들이 실내 온기에
사르르 녹자 꾀죄죄한 몰골이 나왔다.

"뭔가?"

"일본군이 오고 있습니다!"

안중근은 고개를 끄덕였다.

"알겠네, 가서 휴식을 취하도록 하게."

"알겠습니다."

사할린이 캐나다로 양도되고 유럽에서 전쟁이 시작되자
대찬의 권유대로 사할린으로 광복군 전체가 이동했다.

일본은 손쓸 수 없는 상황이라는 것을 알게 되자 처음에는
잠잠하였으나 캐나다에서 정식적으로 행정력을 발휘할 수
있는 사람들을 파견한 것도 아니었고 겨울이 되어 바다가 얼

아메리칸
드림

자 외부와 소통이 단절된 것을 노렸다.

그들은 눈에 거슬리는 광복군을 이번 기회에 처치하기 위해 광복군이 있는 사할린 북쪽으로 병력을 파견하여 그들을 찾고 있었다.

"이번에는 정말 곤란합니다."

안중근은 고개를 끄덕였다.

"식량 사정은?"

"아직까지는 괜찮습니다만 이번에도 진영을 버리고 다른 곳으로 간다면 식량 사정이 상당히 안 좋아질 것 같습니다."

금력은 부족하지 않았으나 수송하는 것이 문제였다. 일본군을 피해 주둔지를 몇 번이나 이동했기 때문에 수송 거리가 멀어지면서 식량 수급에 차질이 생기고 있었다.

"충분히 끌어 들인 것 같습니다."

박용만은 신중하게 말했다.

이제까지 광복군은 주둔지 이동을 해 가면서 유리한 전투를 위해 북쪽 깊숙이 일본군을 유인하고 있었다. 그러면서 이동하기 전보다 갈수록 인원수가 줄어든 것처럼 위장하는 것을 잊지 않았다.

"흠……."

주변 정찰을 하고 그려 놓은 지도를 뚫어지게 쳐다보았다.

"오는 방향으로 봐서는 정확히 이쪽으로 들어가고 있군."

동사할린 산맥의 한 지류에 자리하고 있는 광복군 진영을 찾아서 들어온다면 전투하기 유리한 계곡을 통해야만 했다.

"절호의 기회입니다!"

"날이 밝아 오는 즉시 작전 계획에 따라 전군을 배치하도록 하시오."

"알겠습니다."

전투 소식에 광복군은 오히려 환호하는 분위기였다. 한 가지 목적으로 하나가 되어 훈련하고 피가 끓어오르는 것과는 반대로 도망치듯이 일본군을 피해 계속해서 이동만 했기 때문이다. 분을 삭이기만 하고 응어리진 마음을 풀지 못했는데, 드디어 주어진 천금 같은 기회에 대해 열렬히 환영했다.

전투의 대한 긴장감과 흥분으로 기나긴 밤이 끝나기 전에 아낙들은 만찬을 만들기 시작했다. 구하기 힘든 귀한 식재료들을 아낌없이 써서 최후가 될 수도 있는 식사를 위해 분주히 움직였다. 그리고 아침을 맞아 일어난 장정들은 왁자지껄한 분위기를 만들며 마치 축제의 한 장면처럼 식사를 즐기기 시작했다.

연병장에는 추위를 잊은 듯 전군이 질서 정연히 도열해 있었다.

"부대! 차렷!"

도합 5만 명의 발소리가 주변을 한 차례 크게 울렸다.

"열중쉬어!"

다시 한 번 묵직한 소리가 울리자 미동도 없이 정면 단상으로 집중하였다.

"친애하는 동지 여러분! 1905년 11월 17일 우리에게는 한없이 불명예스럽고 치욕적인 일이 일어났습니다. 우리의 조국! 대한제국이 망국이 되어 사라진 것입니다. 우리의 선조들이 세우고 발전시켜 온 나라가 세상에서 흔적도 없이 일본이라는 이름 아래 사라진 것입니다. 우리 민족은 날 선 운명과 마주한 채 거대한 시험대 위에 서 있습니다. 나라를 구원하고 목숨을 바친 사람들의 정당한 안식처를 되찾기 위해서 피 흘리는 것을 두려워하고 않고 여기에 모여 있습니다. 이 행위는 마땅하고 정당한 것입니다. 세계는 오늘 우리가 했던 말에 관심도 없을 것이며 기억하지도 못할 테지만, 우리들이 수행한 일이 무엇이었는지는 결코 잊지 않을 것입니다. 우리보다 먼저 민족을 위해 명예롭게 죽어 간 이들의 크나큰 헌신, 그들이 마지막까지 신명을 다해 되찾고자 했던 조국, 세상의 끝이 오더라도 그들을 기억해야 하며 그들이 헛되이 죽지 않았음을 우리가 증명해야 합니다. 그리고 조국을 탈환하는 그날이 오는 순간, 반드시 태극기를 높게 들고 당당히 행진하여 고향으로 돌아갈 것입니다. 하지만 먼저 눈앞에 닥친 일본군을 무찔러야 고향에 돌아갈 기회가 생길 것입니다. 그 기회를 위해서, 우리는 이 순간을 기다려 왔습니다! 적과 싸워 이길 준비가 되셨습니까?"

안중근의 연설에 도열해 있던 장정들은 함성을 질러 댔다.

"우와아아아아!"

장정들의 하나 된 함성 소리는 조용한 하얀 세상을 뜨겁게 만들었다.

"출진!"

흥분이 식지 않는 발걸음은 가볍기 그지없었다.

★

사할린은 사람의 흔적을 찾기 힘들었는데 그만큼 숲이 울창했다. 숲은 북극권의 영향으로 온통 침엽수만 있었고 이끼가 많았으며 안은 어두웠다. 거기에 눈으로 뒤덮여 주변은 온통 고운 하얀 옷을 입고 있었다.

"정지, 오늘은 여기에서 야영한다."

"하!"

일본군은 광복군의 흔적을 쫓아 동사할린 산맥의 깊은 곳까지 오게 되었다.

"기무라."

"하, 부르셨습니까?"

"저 협곡을 정찰하라."

"하!"

지시를 내린 사단장 쓰키하라는 현재 상황이 무척 마음에 들지 않았다.

'조센진 때문에 이게 무슨 고생인지…….'

1만 명 정도 되는 사람들의 흔적은 꾸준히 발견했지만 사람이 원체 살지 않는 곳이 사할린이었기 때문에 정보를 얻을 수도 없었다. 그렇게 꾸준히 추적하여 쫓기 시작한 것이 벌써 한 달이 넘었다.

처음에는 남사할린으로 발령받은 것을 좌천으로 받아들여 의욕이 없었지만, 한인들을 일망타진할 수 있다면 다시 승승장구할 수 있을 것이라 생각했다. 그러나 지금은 처음과 달리 지금은 돌아가고 싶은 마음이 더 컸다.

"칙쇼!"

익숙해지지 않는 사할린의 차가운 공기는 쓰키하라의 짜증을 돋우는 것 중에 하나였다. 곧 병사들이 천막을 치자 들어가서 꼼짝도 하지 않았다.

♦

땅을 파고 위장하여 속에 숨는 것은 광복군이라면 누구나 기본적으로 배우고 숙달되어 있었다. 협곡에 먼저 도착한 광복군은 중요한 위치에 적정 인원을 선발하고 작전대로 땅을 판 뒤 일제히 속으로 숨어 버렸다. 곧 작게나마 남아 있던 흔적들은 눈과 바람에 의해 순결한 모습으로 변해 있었다.

"ここにもないだろう(여기에도 없잖아)?"

"ハハ, そうだろう, どのよう弱虫なのに. ああ, 温かいお茶懐かしい(하하, 그렇겠지, 얼마나 겁쟁이인데. 아아, 따뜻한 차 한잔 마시고 싶다)."

"やはりそう(역시 그렇지)?"

일본군은 별다른 긴장감 없이 정찰을 하고 있었다. 곧 말소리가 멀어지자 눈 밑에서 소곤거리는 말소리가 들렸다.

"언제까지 이러고 있어야 되지?"

"글쎄?"

기다리고 대기하는 것에 익숙해지는 훈련을 받았지만 움직이지도 못하고 숨어 있어야만 하는 것은 곤혹스러운 일이었다.

"다시 오는 것 같아, 쉿."

숨어 있는 광복군 근처로 다시 말소리가 들리기 시작했다.

"どのような音聞こえなかった(무슨 소리 못 들었어)?"

"いいえ. ところが 明日山を再度上昇するのですか(아니, 그런데 내일 또 산을 오르는 건가?)"

"ああ, 考えただけでも嫌だ(아아, 생각만 해도 싫다)."

"ハァッ(하아)."

산속 깊이 한눈에 모든 상황이 보이는 곳에서는 수뇌부들은 작전을 위해 긴장감을 유지하며 일본군의 동태에 모든 신경을 집중하고 있었다.

"일본군의 행태를 봐서는 내일 협곡으로 진입해 산을 오를 것 같습니다."

"배치는 잘되었습니까?"

"완벽합니다."

"해가 뜨기 전 미리 알려 만반의 준비를 할 수 있게 하세요."

"알겠습니다."

이창수는 광복군 내에서 명사수로 유명한 인사였다. 어찌나 총을 잘 쏘는지 2백 미터 밖에서도 조그만 동전을 맞힌 일화는 그가 최고의 저격수임을 인정하는 계기가 되었다.

"후우."

크게 심호흡을 하자 하얀 입김이 나왔다.

탕!

단 한발을 쏘자 졸고 있던 경계병이 맞아 꼬꾸라졌다.

"敵である(적이다)!"

총소리에 놀란 일본군 진영은 소란스러워졌다.

탕!

다시 한 발을 쏘자 호들갑스럽게 소리치던 사람이 맞았고 그때 총구의 불빛을 본 일본군은 창수가 있는 방향으로 시끄럽게 총을 쏴 대기 시작했다.

"와! 이러다 죽겠다."

낮은 포복을 유지하며 방향을 바꿔 천천히 후퇴하기 시작했다.

탕탕탕!

계속 총을 쐈다.

달빛에 반사된 하얀 눈밭은 시야를 확보해 주었지만 창수를 찾을 순 없었다. 하얀색으로 위장했기 때문에 주변과 동화되어 눈에 띄지 않았다. 총소리가 멎고 저격수를 확인하기 위해 일본군 진영에서 일단의 무리가 창수가 있는 쪽으로 빠르게 다가오기 시작했다.

그때 창수를 엄호해 주는 불빛이 생겼다.

탕!

위협사격에 일본군은 자세를 낮췄다.

"くそ(젠장)!"

소리치며 돌격하기 위해 위협적으로 칼을 빼 들며 일어나는 순간 총성이 울렸다.

털썩!

두 번의 실수는 없다는 듯이 이번에는 제대로 적중되었다.

겁먹은 일본군은 움직이지 않았고 창수는 그 틈에 빠르게 포복하여 아군이 있는 곳으로 이동했다.

그사이 조금의 움직임이라도 있다면 어김없이 숲 속에서는 일본군을 향해 위협사격이 가해졌다.

"어서 와."

"어휴, 두 번은 못 하겠다."

"크크, 이제 적당히 골리다가 돌아가자."

"좋아."

창수 일행의 사격을 시작으로 사방에서 일본군을 괴롭히기 시작했다.

해가 뜨고 완전하게 시야가 확보되자 쓰키하라는 사방으로 사람을 보내 수색 작업을 했지만 아무도 발견할 수 없었다.

밤새도록 계속된 총성으로 인해 뜬눈으로 밤을 보낸 쓰키하라는 화가 머리끝까지 났다.

"보고드립니다. 사망 4명, 부상자 13명입니다."

"파악된 적의 인원은?"

"수백 명 남짓한 것 같습니다."

"적군이 있는 곳은 역시 저 산인가?"

"하!"

쓰키하라가 받은 광복군의 최초 정보에 의하면 규모는 3만 명이 넘었었다. 하지만 계속되는 추적에 날이 갈수록 규모가 축소되고 있었고, 밤사이 확인된 적은 수백 명 정도밖에 되지 않았다.

"아침을 빨리 먹이고 정면으로 돌격하여 속전속결로 끝낸다."

"장군님, 재고해 보심이 어떻겠습니까?"

참모장 츠지야 대좌는 의심스러운 마음이 들었기 때문에 쓰키하라의 결정에 제동을 걸었다.

"무슨 문제가 있나?"

"산이 너무 험준한 데다 입산해 조금 들어가면 자리한 협곡이 아군에게 너무 불리한 지형입니다. 혹시라도 매복이 있다면 패배를 피할 수 없을 것 같습니다."

쓰키하라는 인상을 구겼다.

"대좌는 저 조센진들에게 천황 폐하의 자랑스러운 정예 군대가 패배할 거라고 예견하는 것인가?"

"아, 아닙니다!"

신적인 존재인 천황을 들먹이며 패배를 운운하자 츠지야는 다급하게 쓰키하라의 말을 부정했다.

"최초 계획대로 진행한다."

"하!"

쓰키하라는 광복군의 숫자가 얼마 되지 않는다는 보고를 받았기에 최전방에서 말을 타고 앞장서서 군을 이끌기 시작했다. 지휘관은 안전한 곳에서 군을 통솔하는 것이 정설이었지만 사무라이 정신에 입각해 자신의 전공을 크게 부풀리고 싶은 마음에 이러한 행동을 했다.

츠지야는 불안한 마음에 쓰키하라가 군을 이끌고 입산하는 순간 몰래 후방에 부대를 남겼다.

광복군은 계곡 끝에서 일본군을 기다리고 있었다. 쓰키하라는 그 모습을 보며 대소했다.

"하하하, 저 인원으로 우리를 상대하겠다고 기다리고 있단 말이지? 기무라."

"하!"

"몇 개의 중대면 저들을 깡그리 처리할 수 있겠나?"

"두 개의 중대면 될 것 같습니다."

"자네가 해 볼 텐가?"

"하! 맡겨만 주십시오."

"좋아!"

허락이 떨어지자 기무라는 자신의 허리에 달려 있는 장검을 뽑아 들었다.

"1, 2중대는 나를 따른다."

명령이 떨어지자 4백 명이 넘는 인원들이 기무라의 좌우로 자리하며 돌격하기 위해 준비 자세를 취했다.

"天皇陛下万歲(천황 폐하 만세)!"

기무라가 먼저 구호를 외치자 뒤따라 병사들이 외쳤다.

"天皇陛下万歲(천황 폐하 만세)!"

"突擊(돌격)!"

우렁찬 함성과 함께 높은 곳에 자리한 광복군을 향해 돌격하기 시작했다.

"쯧쯧, 미친놈들."

죽을 길을 불나방처럼 기세 좋게 돌격해 오자 절로 혀를 차게 되었다.

딸깍.

캐나다제 로스 소총에 총알을 삽입하고 장전하였다. 장거리 사격에 명중률이 높았기 때문에 창수는 여러 소총을 쏘아보고 애병으로 로스 소총을 결정하였다.

"일단 칼 들고 설치는 저놈부터 해결하자."

탕!

꼬꾸라지는 것을 보고 오른손 손가락에 끼워 놓았던 총알로 바로 재장전했다.

"그리고 다음……."

신중하지만 빠르고 정확하게 사격했고 곧 동료들도 합세하여 일본군에 총알을 퍼부었다.

그러기를 10여 분 정도 지나자 전령으로부터 새로운 지시가 떨어졌다.

"적당히 끊고 후퇴하여 뒤쪽으로 합류할 것."

"알았습니다."

다가오는 일본군이 주춤하는 순간 뒤에서 다른 인원이 합류하는 것이 보였고 몇 번의 사격 이후 자리를 떠났다.

"쯧."

기세 좋게 앞서 나갔던 기무라가 처음부터 쓰러지는 것을 본 쓰키하라는 앞서간 병사들을 지원하기 위해 두 개 중대를 더 투입하였다.

그들이 크게 함성을 지르며 돌격하자 그제야 광복군이 후퇴하는 것이 보였다. 이에 고개를 끄덕이며 만족감을 보였다.

"이대로 순차적으로 돌격해서 고지를 점령한다."

"하!"

명령이 떨어지자 대기하고 있는 전령이 각 부대의 장들에게 전달하기 시작했다.

"예상과는 다르게 전부 돌격해 오지는 않습니다."

주변 상황은 실시간으로 보고되고 있었는데, 통신 방법이라고는 전령들이 발바닥에 땀이 나도록 뛰어 소식을 알리는 수밖에 없었다. 그것을 듣고 간이로 그려 놓은 지도에 말을 올려 위치를 표시하고 있었다.

"흠, 그렇다면 후방을 포위하기 위해 대기하는 부대는 시선을 붙잡는 것으로 전술을 수정하게."

"알겠습니다."

지휘부에서 일을 돕고 있는 윤현진은 지시를 받고 밖으로 나가 미리 약속한 대로 깃발을 들고 휘둘렀다. 그러자 깃발을 확인하였는지 먼 곳에서 똑같은 깃발을 휘두르는 것을 볼 수 있었다.

잠시 후 활을 든 사내가 화살을 쏘았다. 한참 후 화살에 매달려 있는 편지를 확인하였는지 알겠다는 신호의 초록색 깃발을 흔들었다.

그렇게 편지는 이동하여 홍범도와 김좌진이 이끌고 있는

부대로 전해졌다.

"기동한다."

"그럼 전투가 끝난 뒤에 뵙겠습니다."

"이따가 보세."

후방에서 대기하고 있는 부대들은 좌우로 나뉘어 적의 후방을 포위하기 위해 움직였다.

쓰키하라가 선두가 되어 이끄는 일본군은 간헐적인 반격 이외에는 별문제 없이 높은 고지를 향해 전진하고 있었다.

"수색 부대의 보고에 의하면 후퇴하였는지 찾을 수 없다고 합니다."

"흠, 이상하단 말이야."

격렬한 전투를 예상했는데 너무나 조용해 일이 잘못되고 있음을 느꼈다. 쓰키하라는 문뜩 지나온 길이 궁금해 뒤를 돌아봤다. 양옆에 얕지만 사람이 오르기는 힘든 절벽이 자리하고 있고 퇴로가 차단된다면 꼼짝없이 포위되는 형국이었다.

"최근 보고된 적들의 숫자가 얼마지?"

"7천 명으로 파악하고 있습니다."

"어제 저기 절벽 위를 정찰한 결과는?"

"사람의 흔적을 전혀 찾을 수 없다고 보고받았습니다."

"그래? 감이 좋지 않아."

아메리칸
드림

'열등한 조센진들에게 절대 패배할 리는 없겠지만 느낌이 너무 좋지 않아.'

결심을 굳힌 듯이 새로운 명령을 내렸다.

"고지까지 최고 속도로 급속 행군한다."

"하!"

너무 조용한 계곡에 으스스함을 느끼고 있는 것은 쓰키하라 혼자가 아니었는지 명령이 떨어지자 빠른 속도로 산을 오르기 시작했다.

"보고! 일본군이 산을 빠르게 오르기 시작했습니다."

"매복지까지 거리는?"

"빠른 속도로 접근하고 있습니다."

손을 내밀자 망원경을 넘겨주었다. 그 안에 보이는 일본군은 전부 다 하얀 입김을 거세게 내뿜으며 빠르게 다가오고 있었다.

"신호하라."

명령이 떨어지자 나발수가 나발을 크게 불기 시작했다. 처음은 길게 그리고 짧게 두 번, 일본군의 숨소리와 발걸음을 제외하고는 적막했던 산에 새로운 소리가 덧씌워졌다.

"뭐, 뭐야?"

메아리 덕분인지 웅장하게 산을 흔드는 나발 소리에 일본군은 자리에 멈춰 섰다.

"뭐 하고 있어! 빨리 이동해!"

장교는 병사들에게 이동하기를 재촉했다.

병사들은 이동하면서도 불안한 마음에 주변을 두리번거렸지만 별다른 이상 징후를 발견하지는 못했다. 이에 조금은 안심이 되었는데, 곧 둔탁한 군화 소리와 몰아쉬는 숨소리만 들렸다.

아무런 흔적이 없던 눈이 조금씩 흔들리기 시작했다. 이윽고 눈이 살짝 들리며 사람의 얼굴이 나왔다. 얼굴 역시 눈을 빼놓고는 하얀 천으로 칭칭 감아 놨기 때문에 멀리서 본다면 영락없이 눈으로만 보일 것이다.

"천천히 나와."

소곤거리는 사내의 말에 사람들이 하나둘씩 나와 바짝 엎드린 채 전투준비를 시작했다.

잠시 후 나발 소리가 다시 울렸다. 짧게 세 번이 울렸는데, 마지막 울림과 동시에 총소리가 났다.

"다 죽여!"

광복군은 이제까지 지나온 과거를 보상이라도 받으려는 것처럼 계속해서 총을 쏴 댔다.

'저놈은 내 거야!'

창수는 말 위에 앉아 칼을 들고 설치는 일본군 장교를 보며 기필코 저격하겠다는 마음을 가졌다. 순간 세상의 모든 소리가 들리지 않았고 멀리 보이는 적의 몸뚱이만 눈에 들어왔다.

"후우."

한 번의 들썩거림과 동시에 미동이 완전히 사라지고 살짝 걸쳐 놓았던 검지가 방아쇠를 가볍게 당겼다.

무차별적으로 나는 총소리에 일본군은 혼란에 빠진 듯 굉장히 우왕좌왕하는 모습을 보였다. 사방에서 총소리와 함께 쓰러지는 병사들이 속출했다.

"정신 차려! 고지를 점령한다!"

평소 불같은 성격을 자랑하는 장교의 목소리가 귓가에 꽂히자 병사들은 본능적으로 높은 곳에 올라가야 산다는 것을 느꼈다.

"으아악!"

죽을지도 모른다는 공포심과 살기 위한 마음으로 눈앞에 보이는 고지를 향해 평지인 양 달리기 시작했다.

"칙쇼!"

날뛰는 병사들 때문에 쓰키하라의 이동 거리는 굉장히 짧았다. 말은 굉장히 겁이 많은 동물이었기 때문에 소리 훈련을 시키더라도 장애물에 대한 극복은 쉽지 않은 일이었다. 쓰키하라는 칼을 빼 들었다.

"길을 열어라!"

너무 깊이 들어왔기 때문에 되돌아가는 것에는 의미가 없었다. 최대한 빠르게 높은 곳을 점령하여 반격하는 것이 최선이라고 판단했다. 넓은 평야가 아닌 산길이라 말이 무용지물임을 느끼고 내리기 위해서 고개를 숙였다.

　쉬이잉.

　순간 모골이 송연해졌다.

　'아, 살았구나.'

　재빨리 말에서 내렸다. 안도의 한숨을 쉬기도 전에 많은 총알이 날아왔다. 큰 덩치로 방패가 되어 주던 말이 그 뒤에 숨어 있던 쓰키하라를 덮쳤다.

　망원경으로 상황을 한참 지켜보던 안중근이 입을 열었다.

　"다음 작전을 실행한다."

　말이 떨어지기가 무섭게 나발수는 길게 신호음을 두 번 불었다. 그러자 살벌하게 오가던 총소리가 점차 사라지게 되었다.

　"너희는 포위되었다! 항복하라!"

　항복을 권유하는 소리에 일본 장교는 발끈하여 소리쳤다.

　"천황 폐하의 군대에 항복이라는 것은 없다!"

　탕!

　한 발의 소음과 함께 소리친 장교는 쓰러졌다.

　"셋을 세겠다. 하나, 둘……."

　"천황 폐하 만세!"

선두에 있던 또 다른 장교가 만세를 외치며 고지를 향해 돌격했다. 이에 분위기에 휩쓸린 병사들도 뒤따르기 시작했다.

그 모습을 지켜보던 안중근은 손을 들었다. 그러자 대기하고 있던 나발수는 다시 신호를 길게 주었다.

다시 교전이 시작되었고 일본군은 최선을 다해 고지를 향해 뛰었다. 그러던 중 나발 소리가 들리고 앞에 보이는 전방에 큰 변화가 생기기 시작했다. 참호를 파고 그 위를 덮어 위장하고 숨어 있던 광복군들이 튀어나와 준비해 놓은 장애물을 설치하곤 참호에서 사격을 시작했다.

두다다다!

기존 소총의 단발성과는 달리 끊어지지 않고 계속해서 총알이 발사되었다.

경기관총이었다. 일본군이 밀집되어 있는 곳엔 어김없이 총구에서 불을 뿜으며 수많은 총알을 내뿜어 댔다.

그 모습을 지켜보던 지휘부에서는 혀를 내둘렀다.

"이건 완전히 학살이네요."

스무 대 남짓한 기관총이었지만 한 곳에 집중되어 사격하자 총알을 피할 방법이 없어 보였다.

광복군에서도 실전 사용은 처음이었기 때문에 효용성에 대해서 의문을 갖고 있었으나 빠른 연사 속도를 믿고 시도해 봤는데 엄청난 전과를 올리고 있었다.

얼마 지나지 않은 시간에도 불구하고 시체 산이 쌓여 가는 것을 보며 눈살을 찌푸렸다.

'허, 역시 금산은 선견지명이 있군.'

안중근은 처음 루이스 경기관총을 받았을 때가 생각이 났다. 묵직한 나무 상자에 잡다한 물품들과 함께 보내왔는데, 상세한 설명과 함께 효율적으로 쓸 수 있는 방법이 자세하게 적혀 있었다. 그리고 덧붙이는 말이 있었다.

너무 무거워 공격에는 불편함이 많지만 방어해야 될 때는 굉장한 도움이 될 것입니다.

처음에는 대찬의 말을 반신반의했지만 시험 사격에서 빠른 연사력을 경험한 후엔 어떻게든 기관총을 구하기 위해 백방으로 수소문했다. 그러다 러시아에 조차를 얻어 주둔하고 있을 때 군인들과 친분이 두터운 최재형을 통해 프랑스제 쇼샤 경기관총, 덴마크제 마드센 경기관총 그리고 대찬이 보내준 미국제 루이스 경기관총까지 종류별로 구입할 수 있었다.

'운이 좋았지.'

당시에는 유럽에서 전쟁이 일어나지 않았었기 때문에 비싼 값을 치렀고 시간이 좀 오래 걸렸을 뿐 수월하게 구할 수 있었다. 특히 마드센 경기관총 같은 경우 러일전쟁 당시 구입해 놓은 총기가 있었기에 다른 것들보다 빠르게 구입하거나 지원을 받을 수 있었다.

🎩

츠지야는 후방에서 자신이 지휘를 맡은 부대의 행군 속도
를 최대한 늦추며 계곡으로 들어가기를 거부하고 있었다.

'분명히 무언가 있다.'

그러다 앞서간 부대들이 별 탈 없이 안쪽으로 들어가자 그
제야 자신의 판단이 틀렸다 생각해서 합류하려 했는데, 그
순간 교전이 시작되었다.

그는 일본군이 짧은 교전 이후 적극적으로 산을 오르는 것
을 보고는 이마를 짚었다.

'칙쇼! 병신 같은 지휘관 때문에 다 죽게 생겼구나!'

빠르게 판단을 내린 츠지야는 새로운 명령을 내렸다.

"후퇴한다!"

"항명입니다!"

참모 중에 하나가 명령에 격렬히 따지고 들었다.

"지금 저기 들어가면 다 죽는다!"

"우리는 군인입니다!"

"이런 멍청한! 앞으로 와신상담하며 때를 기다려야 하지
않겠나?"

"천황 폐하의 군대는 지지 않습니다!"

주변을 둘러보니 자신의 말보다 참모의 말에 공감하는 부하들을 보며 츠지야는 절망했다.

　"할복하겠다. 너희들은 살아서 돌아가라."

　말이 끝나기가 무섭게 츠지야는 웃통을 벗고 칼을 빼 들었다. 무릎을 꿇고 칼을 역수로 잡고 팔을 뻗었다.

　"천황 폐하 만세!"

　탕!

　"적이다!"

　츠지야는 벌떡 일어나 주변을 둘러보기 시작했다.

　"젠장! 지금부터 저곳으로 강행 돌파한다!"

　칼을 들어 한 곳을 가리키며 탈출할 것을 종용했다.

　"얼레? 소대장, 우짭니까?"

　"뭐가?"

　"저놈들 우리헌티 달라드는디라?"

　일직선으로 달려오는 일본군을 보며 어떻게 대처할 것인지 물었다.

　"어쩌기는 적당히 피해 줘야지."

　"그랴도 됩니까?"

　"광복군 구호가 뭐야?"

　광복군 수칙의 제일 첫 번째는 '무슨 일이 있어도 끝까지 살아남는다!'였다.

아메리칸
드림

"지는 거맨키로 달갑지 않은디……."

"뒤에 준비하고 있는 부대가 있으니 괜찮다."

부대는 고개를 끄덕이며 일본군에 퇴로를 열어 주었다.

츠지야의 부대는 첫 번째 포위망을 뚫고 나서 한참을 더 이동한 뒤 기진맥진한 상태가 되었다.

"10분간 휴식."

넓게 시야가 확보되는 곳에서 휴식을 취하기 시작했다.

'젠장맞을! 마음대로 죽지도 못하는군.'

할복을 하려던 순간에 공격을 받았고 그 긴장감에 가장 재빠르게 행동했던 것이 포위선 돌파라는 훌륭한 결과를 만들었다. 하지만 산으로 들어간 본대와는 완벽하게 연락이 두절되어 상황이 좋지 않았다.

'더군다나 여기는 캐나다 영토인데…….'

상부에서는 사할린으로 숨어 버린 광복군을 처치하기 위해서 북위 50도 너머로 보냈다.

'곧 겨울이 끝난다.'

겨울이 끝나면 얼었던 바다가 녹을 것이다. 사할린으로 넘어올 기회를 한번 놓쳐 버린 캐나다에서 이번만큼은 사람을 보낼 것이었다.

"휴식 끝, 최대한 빠르게 돌아간다!"

지칠 대로 지친 일본군이었지만 아무도 내색하지 않고 자리에서 일어났다.

♠

한편 쓰키하라가 이끌었던 본대는 전멸 직전인 상태였다. 마주 보고 있는 전방에서는 기관총이 쉴 새 없이 총알을 쏘아 내고 있었고 주변의 높은 고지에서는 측면으로 계속해서 사격하고 있었다.

"사격 중지."

대기하고 있던 전령이 사격 중지를 복명복창하고 소식을 알리기 위해 튀어 나갔다.

"오늘 밤은 감시하기만 하고 가까이 다가가지 마시오."

"알겠습니다."

전장에 총성이 멈추자 하늘에서는 피 냄새를 맡은 까마귀들이 선회했다.

어둠이 짙게 내려앉은 계곡은 고요하기만 했다. 처음에는 고통에 찬 신음 소리가 들렸지만 그 소리마저도 시간이 지나자 조금씩 사라졌다.

묘한 긴장감을 풍기는 시간이 지나가고 동쪽에서 슬그머니 해가 떠오르자 계곡의 모습은 전날과 달랐다. 수색하기 위해 계곡에 내려온 광복군들이 사라진 시체들을 보며 말했다.

"살아 있는 자들이 많았나 보네."

시야가 확보되지 않는 밤사이 살기 위해 도망친 일본군이 많았던 것이다.

"곧 잡혀 올 것이니까 신경 끄자고. 저기 소대장님 말씀하시네."

"지금부터 전장 정리를 한다. 물자는 이곳에 모으고 시체는 저쪽에 모은다. 마지막으로 긴장 풀지 않도록 한다."

반격이 없을 것으로 예상했지만 혹시 모를 상황에 대비해서 2인 1조로 움직이게 했다. 그렇게 정리를 시작하고 한참이 지나자 죽은 말의 사체 밑에서 사람이 발견되었다.

"여기 살아 있는 사람이 있다!"

순간 수색하던 사람들이 소리친 사내의 주변으로 몰려들었다.

"용케 살아 있네?"

"그러게, 날도 추운데 말이야."

"뭐라고 말하는데? 혹시 일본말 할 줄 알아?"

"당연히 모르지! 그냥 후방으로 보내 버리자고."

웅성대다가 곧 두 사람을 뽑아 사내를 들어 옮기기 시작했다.

"현재까지 확인된 일본군 사망자 6,223명입니다."

광복군은 큰 승리를 거뒀다. 치밀한 작전 준비와 효과적인 전투를 수행함으로써 광복군의 사상자는 3백 명이 넘지 않았다.

"빨리 전장을 수습하고 아군 사망자에 대한 장례식을 준비합시다."

"알겠습니다."

사람 하나가 귀하고 소중했기에 대승리를 이루고 나서도 지휘부의 분위기는 좋지 않았다.

'지금까지 흘린 피도 셀 수도 없을 지경인데, 광복을 하기 위해서는 얼마나 많은 피를 더 흘려야 하는 건지…….'

안타까운 마음에 안중근은 눈을 감고 감정을 표출하지 않기 위해 안간힘을 썼다.

"보고! 적군 수괴를 생포했다고 합니다."

"가둬 놔라."

"알겠습니다."

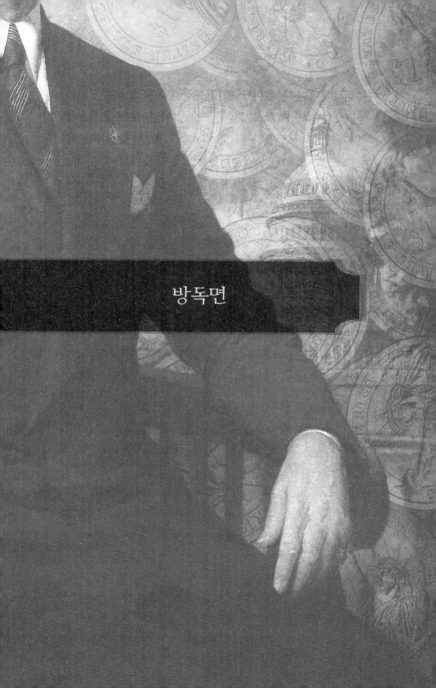

방독면

패전 소식을 들은 일본의 육군성에서는 난리가 났다.

"그러니까 쓰키하라가 이끄는 부대는 안 된다고 했잖습니까!"

유일하게 쓰키하라 부대의 파견을 반대했던 사내는 발광을 하고 있었다. 그럼에도 불구하고 주변에서는 딱히 반박하지 못했다.

"그만하면 되었네. 지나간 일은 어쩔 수 없고 대책을 생각해 봅시다."

하세카와의 말에 좌중들은 공통적으로 한 가지를 주장했다.

"정예 사단을 보내 일거에 쓸어버립시다!"

치욕스러운 패배를 어떻게든 설욕하기 위해 정예 사단을 파병하자는 것이었다.

이에 하세카와 역시 동의하였고 남사할린으로 정예 사단을 차출하여 이동시켰다.

　하지만 얼마 지나지 않아 이 작전은 전면 취소되었다.

　"캐나다에서 사할린으로 배를 띄웠습니다."

　하세카와는 캐나다와의 외교 분쟁의 소지가 있음을 통보받았고, 작전은 자연스럽게 취소될 수밖에 없었다.

　결국 동사할린 산맥의 전투는 일본의 한 개 사단이 괴멸한, 총 사상자가 1만 3천 명을 넘은 일본의 대패로 막을 내렸다.

　-존, 오랜만입니다.

　전화를 건 이는 뎁스였다.

　"네, 오랜만입니다."

　-사실 진작부터 연락하고 싶었는데, 제가 미국으로 올 일이 없더군요.

　"아, 좋은 일입니까?"

　-그럼요. 채텀제도에 아직도 흥미가 있으십니까?

　대찬은 조금씩 흥분하기 시작했다.

　"……얘기해 보세요."

　-하하, 관심이 조금 식으신 것 같네요. 뉴질랜드에서 채텀제도를 양도할 의향이 있답니다. 저도 최근에서야 답변을 받을 수

아메리칸
드림

있었습니다.

"최근에서야 답변을 받았다고요?"

─네. 뉴질랜드도 대영제국의 일원으로 전쟁에 참가하고 있는데, 아마 전쟁이 길어지면서 재원 마련이 힘들어진 모양입니다.

"그렇군요. 혹시 가격은 제시하던가요?"

─자세한 것은 이야기하지 않았지만 사할린을 들먹이더군요.

같은 대영제국에 속해 있었기 때문에 캐나다를 통해서 대찬이 양도받은 사할린의 이야기를 뉴질랜드에서도 잘 알고 있었다.

"너무 비싸요. 뎁스 씨도 알고 있겠지만, 퀸샬럿 제도를 캐나다에 조차받으면서 채텀제도의 가치가 예전 같지 않아요."

대찬의 마음으로는 퀸샬럿 제도의 열 배 넘는 크기가 주어지더라도 완전하게 양도받는 채텀제도에 비한다면 별 쓸모가 없었다. 현재 가장 필요한 것은 완벽한 보안이었다.

'굳이 내 패를 보일 필요는 없지. 가뜩이나 돈도 많이 필요한데, 아낄 수 있는 부분은 최대한 아껴야 한다.'

─그런가요? 제 예상과는 다르네요.

'뭐야? 떠보는 거야?'

대찬은 뎁스에게 표정이 보이지 않는다는 것이 다행이라고 느꼈다. 마치 뭔가 다 안다는 듯이 떠본다면 정보전에 능통한 뎁스에게 들통이 날 수도 있다.

─아무튼 관심은 있으십니까?

"협상을 해 봐야겠습니다."

-그렇다면 제가 뉴질랜드 주재원과 함께 샌프란시스코를 방문하도록 하지요.

'한번 흔들어 놔야겠어.'

"이번 일이 잘 마무리된다면 뎁스 씨에게 개인적으로 충분한 사례를 해 드리겠습니다."

-하하, 알겠습니다. 노력해 보도록 하지요.

웃으며 끝냈지만 긴장감은 충분하다 못해 넘치는 대화였다.

'정보 카르텔의 궁극적인 목표는 자신에게 유리한 활동이지 애국이 아니야.'

모임에 참석하는 인물들의 국적은 대부분은 미국이다. 하지만 미국의 이익을 위해서 움직이느냐를 묻는다면 절대로 아니었다.

'다들 꿍꿍이가 있지만 절대로 표출하지는 않지.'

차분하게 전략을 세우던 도중에 이런 일에 제격인 사람이 생각났다. 당장 전화기를 들어 에릭을 호출했다. 그러자 얼마 지나지 않아 그가 사무실로 들어왔다.

"찾으셨습니까?"

"아, 에릭, 이리 와서 앉아요."

기다리고 있던 대찬은 반가운 마음에 에릭에게 자리를 권했다.

"채텀제도를 알고 있나요?"

"뉴질랜드 동쪽에 있는 제도 말씀이시지요?"

"맞아요."

"자세한 것은 모르지만 위치는 알고 있습니다."

"이번에는 채텀제도를 양도받을 생각인데요."

"또요?"

에릭은 질린다는 듯이 표정이 누레졌다.

"하하, 그렇게 말할 만큼 제가 구매를 많이 하나요?"

대찬은 에릭의 표정을 보고 살짝 놀리고 싶은 마음이 들어 농담을 던졌다.

"아, 그게…… 사할린과 퀸샬럿 제도면 충분하다는 생각이 들어서……."

"자세한 것은 말해 줄 수 없지만 꼭 필요해요."

"알겠습니다. 아무래도 절 찾으신 이유는 가격 조정 때문이란 생각이 드는데요."

"맞아요. 에릭이 생각하는 채텀제도의 가격은 얼마나 되나요?"

"값어치가 너무 없는 땅입니다. 사람도 거의 살지 않지요. 제 생각에는 천만 달러면 충분하다는 생각이 듭니다."

"천만……. 이유는요?"

"사실 천만 달러도 많습니다. 일단 첫째로 지리적 이점이 전혀 없습니다. 두 번째로 사람이 살 수 있는 기반이 하나도 없고, 마지막으로 그렇기 때문에 뉴질랜드에서도 개발을 하지 않는단 겁니다."

"그렇다면 에릭에게 모든 권한을 줄 테니 협상해 볼 생각이 있나요?"

"무조건 성사시켜야 하는 것입니까?"

"맞아요. 한도 금액은 5천만 달러."

대찬의 말을 듣자마자 에릭은 자신했다.

"아무리 값을 비싸게 치른다고 하더라도 2천만 달러 이상으로 사는 일은 절대 없을 겁니다."

"좋아요. 그럼 에릭을 믿을게요."

"맡겨만 주세요."

뉴질랜드의 채텀제도 양도를 자신하는 에릭과 이야기를 끝내고 대찬은 토마스를 만나기 위해서 외출했다.

호텔 입구에서 경호하는 사람들이 주변을 확인하며 대찬이 차에 오를 수 있는 길을 만들어 주었다. 몇 번의 암살 위협 이후, 대찬보다 경호해 주는 사람들이 극도로 예민해져서 작은 실수라도 하지 않으려 무척 애를 썼다.

대찬이 차에 오르자 똑같은 차량 두 대가 앞뒤로 에워싸며 출발했다.

"배는 잘 도착했는지 모르겠네?"

"큰 변수가 있지 않는 이상 잘 도착해서 항구 조성을 하고 있을 겁니다."

옆자리에 앉은 주영이 답했다.

아메리칸
드림

"그렇겠죠? 돌아오는 즉시 나에게 알려 줘요."

"그렇게 하겠습니다."

믿음직스럽게 답하는 주영을 보고 대찬은 문뜩 궁금한 점이 생겼다.

"주영 씨는 어떤 사업체를 맡고 싶어요?"

"저는 해운 회사에 가고 싶습니다."

"해운 회사요?"

"네."

대찬은 뜻밖이라는 생각을 했다. 알토란 같은 회사들도 많고 앞으로 키워서 성취감을 느낄 수 있는 회사들도 많은데 해운 회사를 콕 집어서 이야기했다.

"이유가 있나요?"

"사할린으로 간다면 그만큼 고향과 가까워질 수 있으니까요."

"독립운동을 하고 싶은 거군요?"

주영은 고개를 끄덕이며 말했다.

"사실 그렇습니다. 그런데 사장님처럼 돈을 버는 사람이 있어야 광복군이 유지될 수 있음을 알기 때문에 이것도 독립운동이라고 생각하고 있습니다."

"그렇군요. 곧 기회가 생길 거예요."

주영과 이야기가 끝나 갈 무렵, 차가 토마스의 저택에 도착했다.

차에서 내리자 토마스가 대문 앞까지 마중을 나왔다.

'왜 갑자기 과잉 친절이지?'

"하하, 존 어서 와요. 저번에는 굉장히 큰 결단을 내렸어요."

'그거로구나. 아, 다시 속이 쓰리는 것 같아.'

카길을 통해서 일제가 전투식량 기술을 배워 간 걸 정부에서 아직까지도 크게 만족해한다는 것을 알 수가 있었다.

"아, 별일 아닙니다."

"들어가지요."

그는 대찬의 어깨를 감싸며 저택으로 안내했다.

"그런데 오늘은 어쩐 일입니까?"

"상의할 게 있어서요."

"그래요? 뭐든지 말해 보세요."

'그래, 이왕 이렇게 된 거 최대한 이용해 먹자!'

되돌릴 수 없는 일이었기 때문에 그에 대한 생각을 떨쳐 버리고 어떻게든 유리한 상황을 만들기로 결심했다.

"뉴질랜드의 채텀제도를 아세요?"

"그게 어딘가요?"

가지고 온 지도를 펼쳐 보이며 채텀제도를 가르쳐 줬다.

"여기예요."

"그렇군요. 이걸 보여 주는 이유는요?"

"제가 채텀제도의 매입 의사를 밝혔더니 뉴질랜드에서 양도할 의향이 있다고 얼마 전에 답변을 받았어요."

아메리칸
드림

"그렇군요. 그럼 채텀제도도 캐나다가 사할린에 했던 것처럼 미국의 이름으로 양도받으면 되는 겁니까?"

"그게……."

대찬이 구상했던 것은 채텀제도를 독립시켜 국가를 형성하는 것이었다. 그런데 가장 크게 걸리는 점은 국제적 인정을 받지 못하는 경우였다.

"뭔가 다른 게 있나 보군요?"

"사실 한인 국가를 만들고 싶은 것이 제 생각입니다."

"흠, 이건 제가 판단할 수 없겠군요."

토마스는 단번에 난색을 표했다.

"캐나다와 똑같이 한국이 독립했을 때 양도를 해 주는 것도 좋지만, 채텀제도의 경우엔 한인들만의 국가를 만들고 싶습니다. 마침 채텀제도는 무인도나 다름없고요."

"존의 뜻은 알겠습니다. 그렇지만 이제까지와는 다르게 너무 급진적이군요."

"꼭 그렇게 해 달라는 것이 아니라, 생각을 한번 해 주셨으면 합니다."

토마스는 말없이 고개를 끄덕이기만 했다.

"무슨 말인지 알겠습니다. 하지만 긍정적인 반응일 것 같지는 않군요."

대찬은 주영에게 눈짓을 했다. 그러자 주영은 큰 가방을 하나 가지고 왔다.

"이번에는 제가 가지고 왔습니다. 나라를 위해서 잘 써 주시기 바랍니다."

"번번이 고맙습니다."

"아닙니다. 저도 미국인인데요. 이 정도는 해야지요."

"존의 요구 사항을 제가 한번 잘 전달해 보도록 하지요."

"그럼 부탁드릴게요."

대찬이 저택을 나올 때 토마스의 표정은 처음과 비슷해져 있었다.

대찬은 가끔 이런 생각을 했다.

'한국이 백인들로 구성된 국가였으면 어떻게 됐을까?'

터무니없는 일종에 망상이었지만 회귀 이후에는 진지하게 생각했던 적이 한두 번이 아니었다. 그럴 때마다 끝에 드는 생각은 딱 한 가지였다.

'나도 어지간히 피해 의식 속에서 사나 보네.'

한인의 위상도 성공적으로 높였고 스스로도 상류층으로 자부할 수 있는 명성과 재산을 가졌지만 불안한 마음이 가시는 것은 아니었다. 오히려 날이 갈수록 불안한 마음과 위협은 늘어 가기만 했다.

'돈으로 엮인 관계도 지치고…….'

작심하면 미국 경제의 상당 부분을 쥐락펴락할 수 있는 위치가 되었지만 그것으로 끝이었다. 무언가를 더 진취적으로 할 수가 없었다. 필요한 것이 있다면 얼마가 되었든지 알아서 바쳐야만 했고 언제 뺏길지 모르니 불안한 미래가 어떻게 될지 한 치 앞도 보이지 않을 정도였다.

'힘이 필요해!'

대찬이 최근 들어 가장 간절히 바라고 있는 것은 조금이라도 좋으니 힘을 실어 줄 수 있는 공권력이 생기는 것이었다.

'그렇지만…… 불가능하겠지…….'

한인들이 시민권을 받고 투표권을 행사할 수 있게 된 것은 기적이라 표현해도 부족할 정도였다. 사실상 유색인종의 시민권이 나온다는 것조차 상상도 할 수 없었다. 그런데 힘을 가질 수 있는 자리를 한인이 차지한다? 상상 속에서나 가능한 일이었다.

'결국 반세기나 지나야 유색인종이 그나마 간신히 힘을 가질 수 있다는 것인데……. 그때쯤에는 아무 필요도 없다.'

늦어도 한참 늦었다. 이러한 생각들은 도돌이표처럼 대찬의 머리를 계속해서 흔들어 댔지만 생각을 그만둘 수는 없었는데, 어떻게든 답을 만들어 내야 했다.

'그렇다고 정치인들과 혼인 정책을 할 수도 없고 말이야.'

확실한 방법은 정치인들의 가족과 혼인을 해서 가족으로 묶이는 것이었지만, 언제 어떻게 될지 모르는 정치인들과 가족들을 혼인시키면서 확실하지 않은 끈을 만들고 싶지는 않았다. 그나마 확실한 가문은 루즈벨트, 케네디, 해리슨, 애덤스 정도였다. 대찬은 스스로 질문을 해 봤다.

'이들 가문에서 혼인을 승낙할까?'

답은 한 가지로 너무나 확실했다.

'당연히 거절이지.'

미국의 거물 정치 가문에서 동양인과의 혼인할 리 절대 없었다. 너무나 당연해서 대찬은 피식 웃음이 났다.

'그럼 한인들의 힘으로 무조건 한인의 편에 서 주는 정치인을 만든다면?'

캘리포니아에서 한인의 투표권은 당락을 결정지을 수 있을 만큼 꽤 큰 편에 속했다. 더군다나 대찬의 여러 가지 정책으로 인해서 굉장히 우호적인 분위기였다.

'충분히 가능성 있다!'

대찬은 머릿속에서 샘솟는 계획을 주체할 수 없었다.

"주영 씨! 지번 씨!"

그들은 큰 소리로 자신들을 찾는 목소리가 들리자 급한 일이 생긴 것을 직감하고 헐레벌떡 뛰어왔다.

"네!"

"지금 당장 다른 민족과 결혼한 가정에 대해서 알아보기 쉽게 정리해 줘요!"

"알겠습니다!"

아메리칸
드림

두 사람은 귀신에 홀린 듯 부리나케 밖으로 나갔다.

혼인하여 가족을 이루었다. 긴 시간 동안 멀리 떨어져 있는 것이 좋지 않다고 여긴 가족들은 두 사람을 함께 동부로 보냈기에 명환과 순영은 신혼 생활을 즐길 수 있었다. 그렇게 신혼 생활을 보내는 순영에게는 한 가지 고민이 있었다.

하와이에서 길재 일을 도와주었기 때문에 동부에 있는 한인들은 대부분 명환과 안면이 있었다. 그리고 은연중에 한인들의 지도자로 대접해 주었기 때문에 한인들의 행사는 빠지지 않고 챙기고 다녔던 것이다.

"마누라!"

명환은 술에 잔뜩 취한 것을 티 내듯이 벌게진 얼굴과 큰 소리로 순영을 찾았다.

"좀 조용히 좀 해요!"

순영은 늦은 시간 큰 소리를 내는 것이 실례임을 알기에 명환을 나무랐다.

"히히, 우리 예쁜 마누라!"

"어휴, 알았으니까 빨리 가서 씻어요."

과하게 행동하는 명환을 본 순영은 나름 귀엽다고 생각하며 외출하고 돌아온 그에게 씻기를 권유했다.

"넷! 알겠습니다."

비틀거리며 욕실로 가는 명환을 본 순영은 어이가 없다는 표정으로 허탈하게 웃었다.

새로 이사한 집에는 하와이 집과 다른 점이 있었는데, 그 것은 세면대였다. 높게 달려 있는 세면대에 낑낑대며 왼쪽 발을 올린 명환은 깨끗하게 씻기 시작했다. 한참을 씻던 중 명환은 이상함을 느끼고 오른발을 보았다.

"응? 이쪽 발이 나와 있네?"

명환은 끙끙대며 오른발을 들기 위해 노력했다. 그리고 살짝 들리는 순간.

쿵.

"······."

한인과 혼인한 가정은 생각보다 많았다. 특히 여성들이 다른 민족의 남성들과 혼인을 많이 했었는데, 남자는 될 수 있으면 같은 민족과 혼인시키려는 마음이 강해서일 거라고 판단했다.

"여기서부터 찾으시는 사람들입니다."

몇 장의 서류를 건네받고 대찬은 읽기 시작했다. 이력 사항의 대부분이 블루칼라에 해당하는 노동자들이었지만 간혹 눈에 들어오는 직업군도 있었다.

"경찰도 있네요?"

"아, 프레디 씨는 유명합니다."

"유명해요?"

"네, 한인 여성에게 첫눈에 반해서 쫓아다니다가 겨우 혼인에 성공했다고 들었습니다."

"그래요? 그다음부터는 별문제 없고요?"

"처음에는 동료들에게 따돌림도 받았는데, 한인과 결혼하고 이런저런 혜택을 많이 받으면서 나중에는 오히려 동료들의 부러움의 대상이 되었다고 합니다."

"그래요."

다시 서류를 읽자 변호사도 있었고 의사도 있었다.

"이분들과 빠른 시일 내에 자리를 한번 만들어 주세요."

"알겠습니다."

주말이 되자 대찬이 만나길 원했던 사람들이 각자 부인들을 대동하고 대찬의 저택을 찾았다.

부인들은 엠마의 주도로 다른 곳으로 자리를 피해 줬고 남자들끼리 이야기할 수 있는 분위기가 만들어졌다.

초대받은 사람은 총 네 명이었는데, 경찰을 하고 있는 프레디 러클, 변호사 에단 화이트와 조셉 로건 마지막으로 의사인 케일럽 니콜라스였다.

"제가 여러분을 초대한 것은 한 가지 제안을 하기 위해서

입니다."

"제안요?"

"그렇습니다. 혹시 여러분들 중에 정치를 해 보고 싶으신 분이 계시나요?"

"정치……."

대찬의 말에 흠칫 놀라는 것이 보였다.

"문제 있습니까?"

"그것이……."

"편하게 말해 보세요."

"정치계에 투신한다고 하더라도 성공할 자신이 없습니다."

"기반 문제인가요?"

"그렇습니다."

번갈아 가며 눈을 마주치자 대표로 말했던 조섭의 의견에 동의하는 눈치였다.

"제가 후원하고 최선을 다해 지원하겠습니다. 그래도 가능성이 없을까요?"

"그렇다면야…… 될 수는 있겠지만, 정치는 혼자서 하는 것이 아닙니다."

"물론 제가 여러분들의 생각에 대하여 조금이라도 침해하는 일은 없을 것입니다. 그리고 어느 정당에 가입해서 활동하시든지 여러분의 자유입니다. 단!"

"……?"

"한인들의 편의를 봐주는 정도는 해 줬으면 합니다."

"편의의 기준은 어떻게 됩니까?"

"많은 걸 바라지 않습니다. 그저 공정한 대우가 필요합니다."

"공정한 대우 말입니까? 이미 한인들은 충분히 대우받고 있다고 생각합니다."

"제가 말한 공정한 대우는 공무원이 될 수 있는 길입니다. 예를 들어 경찰이 되거나."

대찬은 프레디를 지그시 쳐다보았고 차례차례 눈을 마주쳤다.

"공무원이 될 수 있는 것이지요."

"시간이 오래 걸릴 것 같습니다."

"지금 당장 어떻게든 해내라고 강요하는 것이 아닙니다. 그저 그러한 여론이라도 만들어 주었으면 한다는 거지요."

"생각할 시간이 필요합니다."

"물론입니다."

"그런데 존 씨 한 가지 질문이 있습니다."

"말해 보세요."

"왜 우리들입니까?"

"여러분들은 미국에 왜 이렇게 많은 한인들이 있는지 알고 있으리라 생각합니다."

대찬의 질문에 모두들 아는 눈치인지 고개를 끄덕였다.

"그렇기 때문에 아주 간단한 질문입니다. 여러분들의 부인들은 모두 한인들이지요. 그렇기에 간접적으로나마 우리의 상황을 이해할 수 있기 때문입니다."

"저는 하고 싶습니다."

프레디는 대찬에게 확실한 의사를 보였다.

"나머지 분들은 더 생각하시겠습니까?"

"즉흥적인 것은 별로 선호하지 않지만 하겠습니다. 제게는 큰 기회가 될 것 같군요."

분위기에 휩쓸린 것인지 하고자 마음먹은 것인지 알 수는 없었으나 나머지 두 사람도 하겠다고 확답을 주었다.

"주영 씨."

대찬의 부름에 주영은 지번과 함께 네 개의 작은 가방을 들고 왔다.

"각자 하나씩 받으세요. 이제부터 여러분의 정치적 이념에 따라 당에 가입하고 활동하세요. 도움이 필요하거나 연결고리가 필요할 때는 연락 주시면 최대한 돕겠습니다."

기존의 정치인들에게 후원해 주는 자금에 훨씬 못 미치는 금액이었지만, 이들이 평소에 보지 못한 액수임에는 틀림없는지 가방을 열어 보는 사람들의 얼굴에는 놀람이 가득했다.

"존 씨, 우리가 제대로 역할을 못한다면 어쩌려고 이렇게 많은 금액을 지원해 주는 겁니까?"

"큰 역할을 하느냐 못하느냐는 중요하지 않습니다. 조금이나마 한인들을 위해 대변하고 활동해 주는 사람이 있는지

없는지가 중요하다고 생각합니다."

캘리포니아에는 친한파 인사들은 많았다. 대표적으로는 토마스가 있었지만 노선만 친한파를 유지하고 있는 것이지 완벽하게 친한파로 분류하기에는 무리였다.

'아직 늦지 않았어! 지금이라도 조금씩 정치계에도 자리 잡아 가면 된다.'

중요한 이야기가 마무리되자 손님들과 다 같이 저녁 만찬을 즐기고 좋은 분위기로 자리를 파했다.

오호츠크 해 해안선에서 6킬로미터, 유즈노사할린스크에서 북쪽으로 6백 킬로미터 정도 떨어진 곳에 위치해 있는 노글리키라는 곳이 있다. 퀸샬럿 제도에서 출발한 배는 한 달이 넘는 시간이 걸려 이곳에 도착할 수 있었다.

항구를 만들 자리를 여기저기 확인하고 가장 적합하다 판단되는 곳을 정했다. 그러곤 작은 배를 이용해서 쉼 없이 물자를 내리며 동시에 항구를 만드는 일을 진행하였다.

첫 번째 배가 도착하고 얼마 지나지 않아 연안을 탐색하던 두 번째와 세 번째 배도 합류하여 어느새 사람들의 숫자는 천 명이 훌쩍 넘어 버렸다.

천 명이 넘는 사람들 중에 한인이 절반이 넘었는데, 한인들 중에 광복군 소속인 사람들은 광복군이 주둔하고 있는 곳에 연락을 취하기 위해서 흩어져 사방을 탐색하고 다녔다. 그러나 몇 날 며칠이 지나도 찾지 못하고 있었는데, 워낙 깊은 산골에 험준한 지형이라 흔적을 찾기가 쉽지 않았다.

"정지!"

광복군을 찾고 있던 호영은 고생 끝에 한국어가 들리자 기쁨을 그대로 표출했다.

"만세! 광복군 특수 37중대 한호영입니다."

"37중대? 미국에 있어야 하는 거 아니야?"

"자세한 것은 참모총장님을 뵙고 말해도 되겠습니까?"

"좋아, 대신 무기는 반납한다."

"알겠습니다."

무기를 반납하고 몸수색을 철저히 거친 후에 광복군 주둔지로 이동이 시작되었다.

호영은 곧 도착할 거라 기대했지만 얼마 지나지 않아 실망하고 말았다.

"뭘 벌써 기대하고 그래? 주둔지까지 가려면 이틀은 가야 돼."

광복군은 철저하게 걸어서 이틀 거리인 곳은 사방에 정찰병을 보내 끊임없이 경계태세를 유지했다. 막다른 곳에 갇힌 형국이었기 때문에 사소한 것이 곧 패배로 이어진다는 생각으로 알 수 없는 위험에 대비하려는 성향이 강했다.

호영은 정찰병들과 함께 이틀에 걸쳐 걸은 결과 산 깊숙이

자리하고 있는 주둔지에 도착할 수 있었다.

"어서 와, 대승산 주둔지는 처음이지?"

정찰병은 놀리듯이 호영에게 물었다.

"당연히 처음입니다. 그런데 이 산을 대승산이라고 부릅니까?"

"얼마 전에 큰 전투가 있었는데……."

일본군과 있었던 전투를 간단하게 설명해 주자 호영은 아쉽다는 듯이 말했다.

"그렇습니까? 으! 나도 그 자리에 있었어야 했는데!"

"하하, 내가 말이야, 삼백 보도 넘는 거리에서 말이야 일본 놈 머리를……."

허세 가득한 무용담을 들으며 주둔지 내를 이동하다 커다란 건물 앞에 멈춰 섰다. 건물 안으로 들어가자마자 정면에 보이는 벽에 한가득 크게 걸려 있는 태극기와 그 앞에 앉아서 업무를 보고 있는 안중근이 보였다.

"독립! 특수 37중대 한호영입니다."

안중근은 37중대라는 말에 고개를 들어 호영을 보았다.

"37중대? 미국에 있어야 할 사람이 왜 여기에 있나?"

호영은 대찬이 사할린을 캐나다를 통해 사들인 이야기를 하며 바뀌고 있는 상황에 대해 세세하게 설명했다.

"아, 그래서 일본군이 다시 오지 않는 것이었나?"

설욕을 하기 위해서 다시 올 것이라고 예상했던 일본군이 그 뒤로는 코빼기도 보이지 않아 이상하게 생각했는데, 이제야 이해가 되었다.

"그럼 자네 말은 미국과 이곳 사할린의 이동이 자유로워졌다는 뜻이지?"

"그렇습니다. 이제부터 대승산 주둔지는 완벽하게 위험에서 자유로워졌습니다. 그리고 금산 선생이 보낸 편지가 있는데, 제가 가지고 있지는 않습니다. 돌아가서 책임자와 돌아와도 되겠습니까?"

"좋네."

호영이 노글리키로 돌아가는 길에는 많은 광복군이 합류했는데, 최대한 빠르게 항구를 만들기 위해서였다.

앞으로 모든 물자나 지원이 그곳을 통해 이루어질 것이라 충분히 예상이 되었기에 많은 인원을 투입하여 단기간에 완공하는 것을 목표로 하였다.

화학자 프리츠 하버Fritz Haber는 유태인이었지만 철저한 독일 민족주의자이며 주전론자였다. 그래서 전쟁이 터지자 자발적으로 독일 국방부에 협조 의사를 밝혔다.

이미 암모니아 합성으로 세계적인 화학자로서 명성을 날렸던 자신의 이름을 딴 '하버 연구소'에서 그가 주도했던 일은 바로 전쟁용 독가스의 개발이었다. 염소 가스를 액체의 형태로 담은 약 6천 개의 압력 용기가 참호 속에 배치되었고 전선에서 사용할 준비를 마쳤다.

1915년 4월 22일, 독일군은 그들과 대치하던 프랑스군을 향해 가스를 살포했다.

오후 5시 벨기에 이프르 전선, 하루 종일 계속된 독일군의 포화가 잠시 멈춘 사이 프랑스 군인들은 독일군 진영 쪽에서 피어 오른 노란 안개가 그들 쪽으로 접근하는 것을 목격했다.

"연막탄이다. 전투준비!"

연막탄이라고 생각한 노란 안개가 프랑스군 진지에 도달한 그때, 참호에서는 끔찍한 일이 벌어지기 시작했다.

"응? 이게 무슨 냄새, 으, 으악!"

처음에는 여러 가지를 섞어 놓은 것 같은 냄새를 맡은 프랑스 군인들은 그때부터 폐가 타들어 가는 듯한 엄청난 고통 속에 몸부림치기 시작했다.

비명 소리와 알 수 없는 공포를 이기지 못한 병사들은 비명을 지르며 총도 내팽개치고 참호 밖으로 뛰어나와 무작정 후방으로 달렸다.

염소 가스를 연막탄이라 생각했던 프랑스 군인들 중 자그마치 5천 명이 넘는 인원이 질식하여 숨졌다.

후방으로 도망쳤던 군인들 역시 죽음을 피할 수 없었는데, 일단 염소 가스를 마신다면 서서히 질식해 죽어 갔다.

어떤 경우는 며칠 동안 서서히 죽어 갔는데 죽기 직전까지 정신이 또렷하여 다가오는 죽음의 그림자를 느낄 수 있었다.

염소 가스의 위력은 사용한 독일군도 깜짝 놀랄 정도로 위력적이었다.

화학 공장의 생산공정에서 나오는 산업 폐기물이라 생각했던 염소 가스를 무기로 사용하는 방법을 만들어 낸 하버는 독일에서 영웅 대접을 받았으며, 빌헬름 황제는 직접 하버를 장교로 임명하였다. 이에 고무된 하버는 더욱 효과적인 독가스 개발에 박차를 가했다.

반면 이를 걱정하는 사람이 있었으니 유능한 화학자이자 아내였던 클라라 하버였다. 그녀는 독가스를 만드는 남편의 행위를 고통스러워했다.

"여보, 부탁이에요, 제발 그만해요."

하버 역시 자신이 만드는 무기가 얼마나 반인륜적인 것인지 충분히 알고 있었다. 하지만 독일 제국의 영광에 모든 것을 바치기로 한 하버에게는 어떤 소리도 들리지 않았다.

"그것을 어떻게 사용할 것인가에 대한 결정권은 독일 정부 지도자의 몫이오."

클라라는 자신이 남편의 마음을 되돌릴 수 없음을 느꼈고 5월 2일 권총으로 자신의 생을 마감했다.

하지만 아내의 죽음에도 하버의 마음은 돌아서지 않았다. 그는 아내의 죽음 직후 러시아 전선으로 떠났다.

아메리칸
드림

중립을 선언하며 전쟁에 참여하지 않은 미국이었지만 그렇다고 전쟁에 관심이 없는 것은 아니었다. 독일의 가스 살포는 미국에서도 대서특필되었고 그 반인륜적인 잔인함은 공분을 샀다.

호텔 사무실에서 신문을 읽던 대찬은 나직이 탄식했다.

"화학전이라······."

회귀 전 화학전의 무서움을 온갖 매체로부터 접할 수 있었고 군 생활을 하면서 철저한 교육을 받았기에 대찬은 누구보다 화학무기의 무서움에 대해서 잘 알고 있었다.

"방독면을 만들어야겠다."

방독면에 경험이 있는 대찬은 빠르게 계획서를 만들기 시작했다. 그렇게 작성하다 보니 미래에서 쉽게 구할 수 있는 제품들이 현재에는 없다는 것을 느꼈다.

"고무도 부족하고 플라스틱 기술도 부족하네. 일단 정화통부터 특허등록을 하자."

정화통의 구조는 방진 필터와 방독 필터로 나누어져 있다. 큰 입자를 방진 필터로 1차적으로 걸러 낸 다음 방독 필터에서 2차적으로 오염 물질을 걸러 내는데, 방독 필터는 활성탄이 주요 구성 물질이었다.

"활성탄은 목탄으로 만든다는 것은 알겠는데······. 똑똑한 사람들에게 맡기자."

대찬은 록펠러 연구소에서 냉매를 개발하는 연구진들을 급하게 만나러 갔다.

연구소를 들어가자 이상한 냄새가 코를 찔러 댔다.

"환기가 전혀 안 되네요."

"그렇습니까? 익숙해서 전혀 모르고 있었습니다."

"연구소를 새로 지어야겠네요."

좋지 못한 환경이라 언젠가 큰 사고가 날 것이 염려되어 대찬은 건물을 새로 지을 것을 시사했다.

"하하, 감사합니다."

뜻밖의 좋은 소식에 기분이 좋아진 연구소장의 안내로 회의실에 도착하자 연구원들이 앉아 있던 자리에 일어나서 대찬을 반갑게 맞이했다.

"앉아 주세요. 여러분들이 급하게 할 일이 생겼습니다."

어수선하던 분위기가 금세 정리되었다.

"제가 오늘 여기 온 이유는 여러분이 만들어 주었으면 하는 물건이 있어서입니다. 바로 정화통이라는 겁니다."

"정화통이 뭡니까?"

성질 급한 연구원이 말이 끝나기가 무섭게 질문을 해 왔다. 이에 대찬은 가지고 왔던 신문을 들어 보였다.

"유럽에서 전쟁 중인 건 알고 있죠? 그리고 신문을 보았다면 알겠지만 사람을 죽이는 화학물질이 전쟁터에서 사용되

아메리칸
드림

고 있습니다. 그것도 단 한 번 공격에 몇천 명이 죽는 무시무시한 공격이지요."

모르고 있었던 사람이 있었는지 자세한 내용을 물어보는 이들로 인해 다시 한 번 시끄러워졌다.

"그래서 그것을 방어할 수 있는 방어구를 만들어야 한다고 생각했습니다."

"사장님은 독가스를 방어할 수 있는 정화통을 어떻게 생각하셨습니까?"

연구소로 오는 도중, 이와 같은 질문에 대해 충분히 설명할 수 있는 변명을 찾아내기 위해 고심했었다.

"사람은 숨을 쉬어야 살 수 있잖아요? 그래서 생각을 해봤지요. 호흡기 주변을 막고 오염 물질을 깨끗하게 정화시킨 공기를 마실 수 있다면 피해가 없을 것 같았습니다. 이렇게 말이지요."

신문지를 돌돌 말아 놓은 다음 양손으로 하관을 막고 양손 끝으로 말아 놓은 신문지를 잡았다.

"이렇게 한다면 충분히 오염 물질에 대해 방어할 수 있을 거라 생각합니다."

주제가 정해지자 연구원들답게 서로 의견을 교환하기 시작했다.

"독가스라는 게 노란 안개로 자욱하게 가라앉아서 왔다고 하니까 입자가 무겁다는 뜻이겠지?"

"노란색에 입자가 무겁다……."

대찬은 그 모습을 보면서 고개를 저었다.

'테슬라도 그렇고 연구하는 사람들은 유별난 구석이 많네. 그나저나 목탄은 언제 던져 놓지?'

군 생활을 하며 정화통 내부 구조와 구성물이 궁금해 쪼개 본 적이 있었다. 그래서 정화통의 원리를 조금 알고 있었는데, 알고 있는 것들을 연구원들에게 알려 준다면 개발이 빠를 것이 분명했다.

'방법이 없네.'

어색하게 서서 넌지시 알려 줄 기회를 찾고 있었지만 관심을 주는 사람이 없었다. 대찬은 그대로 자리에 앉아 종이에 정화통을 그리기 시작했다.

'내부는 이중 필터로 그리고 결합이 편하게 홈을 만들어서…… 여기에는 탄소질? 목탄이 탄소질이 맞나?'

딱히 자신의 지식을 알려 줄 수 있는 방법이 없었기에 운에 맡겨 보기로 했다.

'이걸 발견하는 사람이 있다면 개발이 빠르겠지.'

시끄러운 사람들을 뒤로한 채 종이 한 장을 남기고 대찬은 다른 일을 하기 위해 연구소를 떠났다.

약간의 시간이 흐른 뒤.

"응? 이게 뭐야?"

한 연구원의 눈이 부릅떠졌다.

혼인

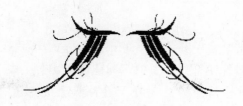

  록펠러-강의 항공 사업체는 활발하게 비행기 개발을 하고 있었다.

  "계원 선생님, 이번에도 직접 시험비행을 하실 겁니까?"

  "하하, 당연한 것 아니겠나?"

  두 사람의 앞에는 날개가 두 층으로 이루어진 복엽기 한 대가 있었다.

  "이번에도 말려 봤자 소용없겠지요?"

  "미안하네."

  "대신 정말 조심하셔야 합니다. 저번처럼 아찔한 순간을 다시 겪고 싶지 않습니다."

  "나를 믿게!"

가슴을 탕탕 치며 호탕하게 웃어 보이는 노백린을 보며 김광명은 어쩔 수 없다는 듯이 고개를 흔들었다.

　엔진의 출력이 좋지 않아 무거우면 날 수 없었기 때문에 엔진을 제외하고는 최대한 가볍게 만들기 위해 노력했다.

　좌석 수는 총 두 자리였다. 앞쪽에서 비행기를 조종하고 뒤의 자리는 자유롭게 활동할 수 있었다.

　"엔진 시동!"

　프로펠러 앞에서 대기하고 있던 광명은 시동이라는 외침에 양손으로 잡고 있던 프로펠러를 힘껏 돌렸다.

　광명이 자리를 피하자 천천히 돌기 시작하던 프로펠러가 점점 빨라지기 시작했다.

　"다녀오겠네!"

　노백린이 주먹을 쥐고 엄지를 곧게 펴 광명에게 보인 후 비행기의 동체가 점점 속도를 더해 갔다. 안정적으로 날아오를 수 있는 속도에 다다르자 노백린은 긴장하기 시작했다.

　'엔진의 떨림 때문에 조종대가 흔들릴 수 있으니 최대한 조심한다!'

　조종대를 살짝 들자 기체가 바닥에서 멀어지기 시작했다. 점점 높은 곳으로 날아올랐다.

　"하하하, 조국아 기다려라 내가 곧 갈 것이야!"

　백린은 광명의 신호에 맞춰서 요구하는 대로 시험비행을 마치고 착륙까지 안전하게 할 수 있었다.

아메리칸
드림

"계원 선생님, 이번에는 이륙할 때 어땠습니까?"

"확실히 조종대가 안정적이었네. 그런데 말이야, 뒷좌석을 조금 더 높게 만들어 시야를 확보하는 게 어떻겠나?"

"네?"

"생각해 보니 조종할 수 있는 사람이 피격당해 버린다면 꼼짝없이 뒷사람은 죽는 게 아닌가?"

"아, 그럼 뒷좌석도 조종을 할 수 있게 만들자는 말씀이신가요?"

"맞네. 그리고 앞좌석에 있는 사람도 적을 공격할 수 있는 무기를 달아 준다면 상황에 따라 서로 역할을 바꿀 수도 있으니 일석이조가 아닌가 싶네."

"한번 연구해 보겠습니다."

"그런데 날이 갈수록 비행기 성능은 좋아지는데, 금산에게는 언제 이야기할 텐가?"

광명은 머쓱한지 머리를 긁적였다.

"아직 만족이 되지 않습니다."

"아니야, 그래도 어느 시점에서 보고를 해 줘야지 금산도 계획을 세울 수 있지 않겠나?"

"아, 네……."

"자네는 너무 완벽한 것을 추구하는 것이 문제야. 자네의 능력을 믿어 보게."

"알겠습니다. 하지만 지금은 아닌 것 같습니다. 이착륙이 너무 불안정해서…….”

“걱정하지 말게! 내가 교육은 똑바로 시키고 있으니까 말이야!”

노백린은 지원을 받아 항공 회사 옆에 비행사 양성소를 만들어 비행사를 육성하는 데 총력을 기울이고 있었다.

처음 양성소를 시작할 때만 해도 한인들을 비행사로 만들기 위함이었으나 나중에는 정부에서 관심을 갖고 군인들의 비행사 교육을 의뢰하였다.

“그래도…….”

“쯧쯧, 좋은 기체를 이렇게 썩히다니……. 난 이만 교육하러 가 보겠네.”

백린은 한바탕 불평을 늘어놓고 그대로 옆에 자리하고 있는 양성소로 향했다.

“선생님 비행시험 어떠셨습니까?”

“더 좋아졌다. 그런데 사람 하나가 더 늘었다?”

백인 사내가 달려와 인사를 건넸다.

“안녕하십니까? 조지 리라고 합니다.”

“뭐야? 한인이냐?”

“그렇습니다. 이응효라고 합니다.”

“이놈! 그런데 조지가 뭐냐, 조지가! 좋은 이름 놔두고!”

“죄송합니다!”

“앞으로 잘해 보자, 응효야!”

아메리칸
드림

"네!"

"정민아, 응효 기초부터 확실하게 가르쳐 줘라"

"알겠습니다."

노백린은 노정민에게 이응효를 신신당부하였다.

대찬이 가장 아끼는 시간 중에 하나는 가장 조용하고 고요한 새벽 시간이었다. 저택에 넓게 걸린 창문으로 달빛을 바라보는 이때가 대찬에게 하루 중 가장 위로가 되는 시간이었다.

"안 자요?"

"아……."

예상하지 못했던 간지러운 목소리는 대찬의 입가에 미소를 짓게 했다.

"달빛이 그렇게 좋아요?"

"뭐……."

대충 얼버무리는 모습에 엠마는 투정이 난 듯 입술을 내밀었다.

"어휴, 질투 나라."

과장된 말과 몸짓에 대찬의 미소는 한층 더 깊어졌다.

"그러는 엠마는 왜 안 자고 있어요?"

"대찬을 완전히 소유하려면 이 시간밖에 없잖아요."

엠마는 원피스로 된 잠옷을 입고 있었는데, 새하얀 피부는 애처로운 달빛에도 깨끗한 도자기를 보는 듯 밝게 빛나는 것 같았다.

그런 엠마를 보며 대찬은 손을 뻗었다. 가까이 다다른 두 사람은 짧은 키스를 하고 입술이 떨어지자 마주 보고 싱긋 웃었다.

대찬이 다시 창밖의 달을 주시하자 엠마는 그의 뒤로 이동해 뒤에서 안았다.

"대찬은 언제쯤 완벽한 내 남자가 될까요?"

의미심장한 말에 대찬은 순간 얼음이 되었다.

"미안해요."

"아니에요. 그냥…… 질투가 나서 투정부린 거예요."

이해하는 척 말은 했지만 아쉬움이 느껴졌다.

자주 함께하지 못한 것에 대해서 대찬 역시 아쉬운 마음이 컸다. 하지만 지나가 버린 현재는 다시 돌아오지 않는 과거가 되어 버리기에 엠마에게 소홀하더라도 절대 포기할 수 없는 것이 조국이었다. 기회가 주어졌는데 역사를 되풀이하는 것은 죽기보다 싫은 일이었다.

'그렇다면 엠마와의 현재는 이대로 지나가 버려도 괜찮은 걸까? 욕심일까?'

사명감 하나로 돈을 벌고 광복군을 지원하고 있었지만, 엠마를 보는 순간 신경 써 주지 못한 것에 죄책감이 들었다.

아메리칸
드림

'미래에 태어났다면 일등 신붓감이었을 텐데……'

슬쩍 엠마를 보니 피곤했는지 껴안은 상태로 졸고 있었다. 대찬은 엠마를 들어 안고 그녀의 방으로 향했다. 침대에 살포시 눕히고 이불을 덮어 주고는 이마에 살며시 키스했다.

"잘 자요."

전쟁이 시작될 때만 하더라도 터키는 전쟁에 참여하지 않고 중립을 유지했었다. 하지만 전통적인 적성 국가인 러시아가 참전하자 터키는 독일 편에 서서 전쟁에 참전했다.

전쟁의 기간이 길어지면서 양 진영은 서로 이길 수 있는 방법을 찾아야만 했는데, 독일은 군사동맹으로 이어진 터키에 군사고문단을 파견해 터키군의 근대화를 추진했다.

그 결과 마흔 개의 정규 사단을 갖추며 군사력이 증가되기 시작했다. 그들은 러시아 전선에 큰 위협이 되기 시작했고 패배할 수도 있다는 두려움을 갖게 만들었다.

이에 영국 내각 해군장관 윈스턴 처칠은 한 가지 작전 계획을 입안했다. 그 작전은 터키를 공격해 패배시킨 후 독일 동맹에서 떨어져 나가게 하고, 그대로 동부 전선의 러시아를 지원하는 것이 주 목적이었다.

처칠은 반대가 있었지만 자신의 작전을 내각에서 관철시

켰고 작전대로 영국과 프랑스 함대는 다르다넬스해협을 통해 터키 수도 이스탄불로 진격했다.

오래전부터 육군과 해군의 긴밀한 합동작전만이 다르다넬스해협을 확보할 수 있는 길이란 보고가 있었는데도 처칠은 해군만으로 이를 수행할 수 있다고 믿었다.

1915년 2월 19일과 25일 이틀에 걸쳐 영국과 프랑스의 연합함대가 터키군의 요새를 공격했지만 터키군을 격파하는 데 실패했다. 그리고 3월 18일에는 작전에 참가한 열여섯 척의 전함 중에 다섯 척이 침몰되거나 대파되는 수난을 겪었다.

무리한 작전에 대한 항의 표시로 영국 해군의 피셔 제독이 사임했다. 이에 책임을 지고 처칠도 해군장관직에서 물러나게 된다.

처칠의 작전이 처음부터 무모한 것은 사실이었지만 성과가 전혀 없었던 것은 아니었다.

연합함대가 엄청난 희생을 감수해 가며 전력을 투입해 터키의 요새를 공격한 결과, 실제 다르다넬스해협의 터키군은 붕괴 직전까지 갔던 것이었다.

치열한 교전으로 터키군의 탄약은 바닥나 있는 상태였고 곧바로 상륙군이 들이닥친다면 방어는 거의 불가능한 실정이었다. 하지만 빈사 상태의 터키군에 한숨 돌릴 여유를 준 것은 영국이었다.

아메리칸
드림

해군의 단독 작전이 실패로 돌아갔다고 판단한 영국은 육군과 해군의 합동작전을 논의하기 시작했고, 4월 25일 오스트레일리아군과 뉴질랜드군을 주축으로 한 영연방군과 프랑스군 등 7만의 원정군이 갈리폴리에 상륙작전을 전개했다.

하지만 마지막 공격이 끝나고 6주의 시간 동안 터키군은 만반의 준비를 했는데, 부족한 탄약을 보충하고 여기저기서 병력을 끌어모아 8만 5천 명의 대군을 다르다넬스해협에 집중시킬 수 있었다.

상륙과 동시에 영국군은 터키군의 완강한 반격에 직면했고 곧 해안에 고립되고 말았다. 특히 케말 무스타파 대령이 이끄는 터키 제19사단의 뛰어난 활약은 영국군을 좁은 해안에서 꼼짝달싹할 수 없게 만들었다.

그는 영국군이 추가 상륙을 시도할 때마다 휘하 병력을 조금씩 쪼개어 할당하는 작전을 구사했는데, 이 방법이 적중해 영국군은 전진을 하지도 바다로 돌아갈 수도 없는 진퇴양난의 상태가 되었다.

－존, 갈리폴리 반도 이야기는 알고 있겠죠?

"알고 있어요."

－그럼 이야기가 빠르겠군요. 뉴질랜드에서 약속을 미루자고 합니다.

신문에 난 갈리폴리 반도의 상황을 들었을 때 대찬은 이러한 상황을 어느 정도 예상했다.

"피해가 큰가요?"

―솔직하게 이야기하자면 오스트레일리아와 뉴질랜드는 영국에 대해서 불신이 생기고 있는 상황이에요.

윈스턴 처칠의 갈리폴리 상륙작전은 미래에서 군사학도라면 필히 짚고 넘어가는 중요한 자료였다. 이유는 실패한 상륙작전의 대표적인 사례였기 때문이었다.

'양측이 25만 명 이상의 희생자를 낸 작전이었지.'

"그렇군요. 얼마나 미루어질까요?"

―미안하지만 그것까지는 나도 알 수 없네요. 하지만 조만간 만나자고 할 것입니다. 이번 일의 사상자에 대한 보상을 해 줘야 되니까요.

"알겠습니다."

전화를 끊고 나서 대찬은 다른 생각이 들었다.

'너무나 시기적절하게 피해를 입고 양도할 명분이 생기는데, 나중에 혹시라도 내가 전쟁을 계획하고 조작했다는 음모론이 판치는 것은 아니겠지?'

생각하면서도 스스로 어이가 없어 웃음만 났다.

"채텀제도는 지금 내 선에서 어떻게 할 수 없으니까 당분간 보류하도록 하고…… 결혼식이 얼마 안 남았네?"

5월 25일로 예정되어 있는 결혼식에 맞춰서 양가 가족들이 모이기 시작할 것이다. 대찬의 가족은 수백 명이나 되었기 때문에 하와이에서 결혼식을 하기로 했는데, 존에게 양해를 구해야 했다. 그러자 존이 답하기를.

  —5백년이나 되는 가문인데 본가를 볼 수 없다는 것이 참
으로 아쉽네.

  한인들에게는 5백 년이든 천 년이든 가문의 역사들이 다
고만고만했기 때문에 그러려니 했었지만, 존은 그 시간을 굉
장히 중요하게 받아들이는 듯했다.
  "주영 씨, 하와이로 가는 날짜가 언젠가요?"
  "다음 달 1일입니다."
  날짜를 가늠해 보자 며칠 남지 않았다는 것을 알 수 있었
다.
  "존 씨는……."
  "사장님, 손님 오셨습니다."
  입을 열려던 차에 지번이 손님이 왔음을 알렸다. 대찬이
고개를 돌려 보자 존이었다.
  "존!"
  "하하, 자네는 아직도 내 이름을 부르는가?"
  "네?"
  "자네 언어 있지 않은가 뭐랬더라? 사동 어르쉰?"
  "하하하, 그냥 이름 부르면 안 될까요?"
  "그러도록 하자고. 자네 민족 언어는 너무 복잡해."

"네? 한국어를 배우세요?"

"그저 인사할 수 있을 정도네. 너무 과하게 생각하지 말게나."

대찬은 깜짝 놀랐다. 최상류층에 있는 백인이 현시대에 쓸모없는 언어를 배우고 있다는 것에 큰 충격을 받았다.

"감사합니다, 할아버지."

고개를 꾸벅 숙이며 감사의 표시를 했다.

"하하, 자네 지금 나를 할아버지라 불렀나?"

고개를 든 대찬은 무안한 듯 얼굴을 붉적이며 시선을 피했다.

"참 기분 좋은 날이야!"

"그런데 요즘 사업은 어때요?"

"응? 굳이 그런 이야기를 해야겠나?"

"궁금해서요."

대찬은 놀림받기 싫어 말을 돌렸다.

"요즘 군수 사업의 수익이 대단하지. 그것을 제외하고는 뭐 평소와 똑같네."

"그래요? 그런데 록펠러 가문은 정치를 하지 않나요?"

"정치? 글쎄 아무도 한다는 사람이 없구먼."

"사실은 제가……."

한인 가정으로 분류되는 사람들 중에 몇을 선택해 정치가로 후원해 주고 있는 것과 이후의 계획에 대해서 설명해 주

아메리칸
드림

었다.

"흠, 좋은 생각이기는 하네만, 티가 나면 좋을 것이 없다
네."

"티가 나요?"

"그렇지. 아마 자네 계획을 가늠해 보자면 못해도 주지사
정도는 만들 생각일 거야."

"네."

"그런데 그 사람이 과거가 온전히 한인들의 힘으로 이뤄졌
다면 그 사람을 정치계에서 분류할 때 하나의 파벌이 형성되
는 거지."

"파벌이면……."

"배척당할 수도 있다는 거야."

밑바닥부터 차근차근 사람들과 교류하고 인맥을 형성하면
서 높은 곳으로 올라가야 뜻이 맞는 동지도 생기고 협력자도
생긴다. 하지만 한인들의 힘으로 캘리포니아에서 승승장구
한다면, 정치계에서 배척할 수도 있었다.

"결국 저는 정치계로 밀어 넣기만 하고 도움은 줄 수 없네
요?"

"그건 아니야, 자네가 후원자 중에 한 사람이라는 것만으
로도 그 사람들에게는 이익이야. 자네를 만나기 위해 여러
사람들이 그 사람들을 통할 것이니, 전혀 도움이 안 될 수는
없지. 다만 너무 나서는 건 보기에 좋지 않다는 뜻이지."

"기반이 없으니까⋯⋯."

"그렇지. 정치판에 기반이 전혀 없으니 눈 밖에 나지 않게 조심해야 한다네."

"무슨 말인지 알겠어요."

"자네는 똑똑한 사람이니 더 이상 말하지 않겠네."

"조언 감사해요."

"가족끼리는 그런 말 하지 않아도 되네. 그나저나 채텀제도 일은 어떻게 되었나?"

"벌써 소문이 났어요?"

"아무래도 정부에서 관심 있게 지켜보니 여기저기 아는 사람이 많아지더군."

"정부 반응은 어때요?"

"채텀제도의 매입은 찬성, 한인 국가 건국은 반반이야."

"찬성이 반이나 돼요?"

"자네가 뿌린 것이 적지 않으니 아무래도 더 큰 것은 바라고 그러는 것 아니겠나?"

민주당을 집중적으로 공략해서 로비한 것이 대찬에게는 큰 도움이 되고 있었는데, 찬성이 반이나 되는 것은 대찬의 예상보다 높은 수치였다.

"그렇군요. 저는 그보다 확률이 낮다고 생각했는데, 좋은 소식이네요. 그런데 뉴질랜드에서 협상을 당분간 미루자고 아까 전에 연락이 왔어요."

"아무래도 전쟁 때문이겠지?"

"저도 그렇게 생각하고 있는데, 정확한 사정은 알 수가 없어서요."

"아마 예상이 맞을 거야, 상황이 좋지 않다고 들었네."

"대충 듣기는 했는데, 어느 정도인가요?"

"주로 오스트레일리아와 뉴질랜드 군인들이 희생되었다고 하는구먼."

"분위기가 좋지 않겠네요?"

"그러니 내부 분위기부터 추스르고 협상을 재개할 것이네. 그런데 이번에는 얼마를 투자할 생각인가?"

"내부 조언으로는 천만 달러면 충분하다는 이야기가 대세예요."

"그런가? 내 생각에는 그것도 비싸, 한 5백만 달러면 충분하다고 생각하는데."

"네?"

"너무 쓸데없는 땅이야. 지리적 이점도 전혀 없고."

"저는 그래서 좋은데요?"

"자네의 생각을 관철시키려면 그 땅값보다 그 외의 비용이 더 들겠지. 안 그런가?"

"맞아요."

"그럼 정부를 이용하게. 완벽하게 정부를 이용해서 양도받는 비용은 줄이고 거물급 정치인들에게 선을 대 보게."

"잘 생각해 볼게요."

존은 고개를 끄덕이는 것 이외에 다른 말을 더하지는 않았다.

"식사 준비가 되었습니다."

주영은 시기적절하게 식사가 준비되었음을 알렸다.

"식사하러 가시죠."

"마침 시장했는데 잘되었구먼. 어서 가세."

🎩

이탈리아는 삼국동맹의 일원이었으나 전쟁이 시작되자 방어적 동맹이라는 이유로 중립을 선포하고 전쟁에 참전하지 않았다. 이에 이탈리아가 중립을 유지하는 조건으로 프랑스령 튀니지를 약속했다.

1915년 2월 16일.

런던의 특사는 은밀하게 협상국에 참여할 경우 좋은 조건을 제시하겠다고 약속했는데 오스트리아─헝가리가 패배할 경우 남부 티롤, 오스트리아 연안 지역, 달마티아 해안 지역을 주는 조건이었다.

사실 이탈리아는 과거부터 오스트리아─헝가리 제국이 지배하고 있는 트렌티노, 오스트리아 연안 지역, 피우메(현 리에카), 달마티아 지역을 원하고 있었는데, 협상국은 이를 알고 강한 군사력을 가진 이탈리아를 끌어들이기 위해 노력했다.

이탈리아에서는 한 치 앞도 보이지 않는 안개 형국의 치열한 전쟁 중에 어느 한 곳을 선택해 참전하는 것에 상당한 부담감을 느끼고 있었다. 그런데 러시아군이 3월 카르파티아 산맥에서 승리했다는 소식에 승리의 추가 협상국 쪽으로 쏠리고 있다는 판단을 내리게 되었다.

이탈리아의 국무총리 안토니오 사란드라Antonio Salandra는 신속하게 합의를 보기 위해서 몇 가지의 요구 사항을 철회하라고 런던에 있는 특사에게 지시했다. 그는 빠른 시일 내에 합의가 되기를 원했지만, 소식이 늦게 도착해 불안해했다.

비밀리에 전쟁을 준비한 국무총리 안토니오 사란드라, 외무부 장관 시드니 소니노, 국왕 비토리오 에마누엘레 3세는 원하는 것을 약속받고 4월 26일 런던에서 참전을 결정했다.

"세상에, 이곳은 별천지로구먼."

하와이에 도착하자 존이 처음으로 내뱉은 말이었다.

대찬 역시 올 때마다 화려하게 바뀌어 있는 호놀룰루를 보고 깜짝 놀라고는 했다. 생각보다 관광지로의 발전이 빨랐기 때문이었다.

"존!"

마중 나와 있는 차를 통해 이동하려던 찰나에 누군가 부르자 존과 대찬은 둘 다 고개를 돌려 소리가 난 곳을 바라봤다.

"아니, 허여멀건 노인네 당신 말고."

심기가 불편해진 존은 헛기침을 하고 차에 올랐다.

"누구?"

"나다 호쿠!"

"호쿠! 알로하!"

특유의 하와이 인사법인 샤카 사인을 하며 반가움을 표현했다.

"알로하! 존, 얼굴 너무 보기 힘들다."

"하하, 미안해요. 하는 일은 잘돼요?"

"내가 세계 최초의 바리스타다. 열심히 일한다."

호쿠는 개인적으로 바리스타라는 이름을 내건 카페를 하고 있었는데, 이제는 제법 잘나가는 사장님이 되어 있었다.

"일이 잘되고 있다니 좋네요."

"그렇다. 존 결혼한다고 들었다. 축하한다."

"고마워요."

"그리고 우리 왕이 한번 만나자고 한다."

"알겠어요."

"그럼 나는 간다. 알로하."

호쿠는 샤카 사인을 보내며 할 일이 있는 듯 빠르게 걸어갔다. 대찬 역시 기다리고 있는 차에 재빨리 올라탔다.

"하와이는 처음 와 봤지만 본토와 분위기가 정말 다르구면."

"그래요? 저는 익숙해서요."

대찬은 짐짓 모른 척했지만 호쿠가 몇 마디 했을 때 존의 얼굴이 시뻘게지는 것을 보았다. 본토와는 반대로 하와이 원주민들은 외부인인 백인들을 제대로 상대해 주지 않았고 오히려 비슷한 피부색을 가진 동양 사람들을 더 우대했다.

"자네 텃밭이니 익숙하겠지만……. 어휴, 덥군."

존은 자존심 때문인지 말을 더 이상 잇지 않고 딴청 부리며 말을 돌렸다.

모이나 호텔은 존이 별채를 여러 채 예약해 놓아서 록펠러 가문의 식구들이 여유롭게 생활할 수 있었다.

"우와, 여기 정말 좋네요?"

엠마는 어느 곳에서 보더라도 사방이 액자 같은 경관이 무척 좋았는지 칭찬을 쏟아 냈다.

"마음에 든다니 다행이네요."

"할아버지, 어때요?"

"음, 좋구나. 이것도 자네 작품이지?"

"할아버지, 그게 무슨 소리예요?"

"작은 존이 처음으로 많은 돈을 벌기 시작한 것이 호텔과 관광사업일 게야."

"정말요?"

"그렇게 됐어요."

"대단해요!"

엠마는 너무 마음에 드는 호텔을 대찬이 만들었다는 소리를 듣자 더욱 좋아했다.

"그런데 자네는 어떻게 사방을 액자처럼 보이게 해 놨나? 처음 겪어 보지만 참 좋은 것 같구먼."

"우리 민족의 조상들은 자연을 정원으로 쓰는 데 능통했거든요."

"자연을 정원으로 쓴다고?"

"네, 자연을 거스르지 않고 그 안의 일부가 되는 거지요. 따로 정원을 만들 필요 없이 건물을 동화시켜 자연 그대로를 즐기는 것이 우리 민족의 전통이에요."

"그렇구먼."

실제 전통 건축물은 모양이 반듯하지 않고 약간 마름모꼴이 되더라도 자연을 훼손하는 일은 절대 없었다.

"어라?"

대찬은 창밖의 해변을 보고 깜짝 놀랐다. 아름다웠던 호놀룰루 해변의 모래가 상당부분 사라진 것이 눈에 들어왔기 때문이었다.

"무슨 일인가?"

"해변이 사라지고 있네요."

"해변? 원래 저런 것 아니었나?"

"아니요. 넓게 펼쳐져서 거닐기 좋은 해변이었어요."

대찬이 보기에는 예전 광경과는 너무 달라 심각하다고 느껴질 정도였다.

"어떻게 된 일인지 알아봐야겠어요."

"하하, 일복은 타고났구먼. 어서 가 보게."

다시 일을 하러 간다는 말을 들어 뾰로통해진 엠마는 고개를 휙 하고 돌려서 삐쳤음을 알렸다.

"미안해요. 이따가 다시 올게요."

하와이는 유명한 노래인 알로하 오에를 작사, 작곡한 릴리우오칼라니 여왕을 폐위시키고 하와이 공화국이 건국되었지만, 1898년 건국 4년 만에 미국에 병합되었다. 이후 공식적으로 왕위를 가진 사람은 없었다. 하지만 혈통은 유지되고 있었는데, 원주민들은 그 혈통 중 한 명을 왕으로 추대하였다.

"반갑습니다. 카메하메하라고 합니다."

"존 D. 강입니다. 저를 찾으셨다고요?"

"그렇습니다. 혹시 와이키키 해변을 보셨습니까?"

"아, 저 역시 그 때문에 이렇게 빨리 찾아왔습니다."

"그럼 이야기가 빠르겠군요. 현재 해변이 계속해서 좁아지고 있습니다. 원인이 무엇인지 모르겠지만, 이렇게 계속 지켜볼 수만은 없습니다."

"저 역시 고향이라고 생각되는 이곳이 아름답게 유지되었으면 합니다."

"방법이 있습니까?"

"원상태보다 훨씬 더 좋게 복원하려 생각하고 있습니다."

"그렇군요. 그럼 믿겠습니다."

카메하메하 왕과의 대화 시간은 길지 않았지만 서로 마음이 통했다. 헤어지는 순간에는 가방을 하나 건네주었는데, 10만 달러나 되는 돈이 들어 있었다.

'섬을 정말 사랑하나 보네.'

방법은 모르지만 어떻게든 환경을 복구하고 싶은 마음을 알 수 있었다. 대찬은 그길로 이 10만 달러가 하와이에 쓰이도록 기부하였고, 3.2킬로나 되는 초승달 모양의 아름다운 해변을 다시 만들기 위해 캘리포니아에서 가장 좋은 모래를 가져오도록 지시했다.

"으악! 왜 이렇게 보자는 사람이 많아?"

오랜만에 하와이에 오니 만나자는 사람이 한둘이 아니었다. 기존에 같이 사업을 하던 월터를 비롯해서 유력 가문의 인사들을 한 번씩 다 만났고, 길재를 통해 계속해서 만나고자 하는 사람들도 많았다.

"내가 결혼을 하러 온 건지 사업을 하러 온 건지 구분이 안 되네."

만나는 사람들 중에 중요하다고 생각되지 않는 인물이 없었기에 소홀히 할 수도 없었다.

아메리칸
드림

얼마 전만 해도 이 정도는 아니었기에 새삼스럽게 자신의 위치에 대해서 실감할 수 있는 시간이기도 했다. 전쟁 전에는 그저 그런 사업가 중에 하나였다면 전쟁이 일어난 다음에는 군수 사업으로 세상에서 가장 유명한 인물이 되었다.

만남을 요청한 사람들 중에 가장 의외였던 인물은 하와이에 상주하고 있는 고위층 해군 장교였는데, 자신보다 높은 사람이라고 잔뜩 긴장하고 만났지만 의외로 상대가 저자세로 나왔다. 알고 보니 길재가 평소에 해군에 지원을 많이 하고 있었다. 그래서 대찬은 길재에게 해군에 왜 그렇게 신경 쓰나 물어봤다.

길재는 '섬이라서 가장 급할 때 도움을 줄 수 있는 집단은 해군이 유일하니 잘 지내야 필요할 때 도움을 받지 않겠느냐?'라고 말했다. 하와이에서 길재 역시 대찬처럼 숨겨진 칼날을 대비하고 있었다.

"오빠, 밥 먹으래!"

"응?"

"엄마가 밥 먹자고 어서 오래."

"그래."

식사를 하기 위해 방으로 이동하자 상다리가 휘어질 듯이 많은 음식들이 준비되어 있었다.

"어머니, 간소하게 먹자니까요."

"앞으로 얼마나 이런 밥상을 받는다고 그러니?"

귀순은 눈을 흘기며 대찬을 나무랐다. 그녀는 외국인과의 혼인도 마음에 들지 않았는데, 앞으로 아들에게 한식이 많이 제공이 되지 않을 거라 걱정하는 마음이 들었다. 그래서 최근 들어서는 최대한 많이 먹이는 데 집중했다.

　"엄마! 명환이 형 왔어요."

　"명환이?"

　"아버님, 어머님 안녕하세요."

　"그래, 식사는 했느냐?"

　"아직 안 했습니다."

　"같이 먹자꾸나."

　"감사합니다."

　명환은 온 집안 식구들과 인사를 나누고 대찬의 옆에 앉았다.

　"이야기는 들었어, 혼인한다고?"

　"응."

　"그래……."

　명환은 애처로운 눈빛을 보내며 대찬을 토닥였다.

　"뭔데?"

　"아니, 앞으로 힘내야 한다?"

　"응?"

　"앞으로 너에게 사우나 같은 인생이 펼쳐질 거야."

　"사우나?"

"응, 견디기 힘들지만 함부로 나갈 수가 없어."

"무슨 말이야?"

"살아 보면 알게 될 거야."

명환은 굉장히 슬픈 눈빛으로 대찬을 바라보았다.

예로부터 관혼상제 중 가장 중요하게 여겼던 것이 혼례였다. 혼례는 남자와 여자가 만나서 가정을 이루고 가족과 가족이 만나는 인륜의 시작으로, 의례를 함에 있어서 매우 신중하고 까다로운 일이었다.

전통 혼례는 조선왕조 성립과 함께 주자 성리학의 도입으로 주자가례에서 큰 영향을 받고 있었다. 하지만 고유의 혼인 예식을 모두 대체하지는 못했는데, 나중에는 우리 민족의 방식과 주자 성리학의 방식이 결합된 혼인 예식으로 발전되었다.

혼인식을 하기 전에 많은 단계가 있는데, 의혼議婚, 납채納采, 연길涓吉, 납폐納幣, 초행初行, 전안奠雁, 교배交拜, 합근合졸, 신방新房, 신행新行, 현구고례見舅姑禮, 묘현廟見, 근친覲親까지 13단계를 거쳐야 모든 혼인 예식이 끝났다. 이 기간을 합한다면 짧게는 몇 달에서 길게는 일 년이 넘을 수도 있었다.

모든 예식의 절차를 진행할 수는 없었기에 짧게 교배와 합근 그리고 신방의 의식까지만 하기로 했는데, 이것은 간소한 미래의 전통 혼례 예식을 따른 것이었다. 더군다나 신부가 타

민족이었으니 모든 예식을 다 하기를 강요하긴 쉽지 않았다.

청사초롱을 앞세우고 대찬이 뒤따라 식장으로 들어서자 그 뒤로 기럭아범(나무로 만든 기러기를 든 사람)이 따라서 들어서 며 본격적인 예식이 시작되었다.

곧 이런저런 절차를 시작하였고 얼마 지나지 않아 가마를 탄 신부가 입장했다.

엠마는 생전 처음 입어 보는 혼례복이 전혀 어색해하지 않 았는데, 본인도 긴장을 많이 했음을 알 수 있었다.

"부선재배婦先再拜 서답일배壻答一拜, 부우선재배婦又先再拜 서답일배壻答一拜."

엠마가 도움을 받아 대찬에게 두 번 절을 했고 대찬이 한 번 답배를 하자 다시 엠마가 두 번 절을 하고 다시 대찬은 답 배로 한 번 절을 했다.

이후 많은 예식 절차가 지나고 마지막으로 표주박을 쪼개 술을 나눠 마시며 예식을 마무리할 수 있었다.

그 순간 농악이 울리며 한인들의 잔치가 시작되었다.

시간이 지나고 저녁이 되자 합방을 위해 방에 들어섰는데, 대찬은 예상하지 못했던 일에 놀라게 되었다. 엠마가 혼례복 을 아직까지 입고 있었기 때문이었다.

"엠마, 왜 그러고 있어요?"

"어머님이 이렇게 하라고 가르쳐 주셨거든요."

"미안해요. 내가 조금 더 빨리 왔어야 했는데."

아메리칸
드림

"다음부터는 나를 더 신경 써 줘요."

두 사람은 눈이 마주쳤고…… 그렇게 되었다.

그렇게 된 다음 날.

신부의 얼굴에 홍조가 핀 것이, 누가 보더라도 첫날밤을 잘 치렀다는 것을 잘 알 수 있었다.

엠마는 새벽부터 일어나 정갈하게 준비하고 대찬과 함께 차례로 문안 인사를 하기 시작했는데, 가족이 원체 많다 보니 인사를 마쳤을 때는 지난밤보다 더 피곤함을 느꼈다.

"언니!"

"왜요?"

"오빠 힘 좋아요?"

"떽! 이놈의 가시나가 못 하는 소리가 없네?"

옆에서 듣고 있던 귀순이 연화를 나무랐다.

"히잉, 고모들이 꼭 물어봐 달랬는데……."

"그래도 이것이!"

엠마는 얼굴이 시뻘게진 채로 어쩔 줄을 몰라 했다.

서대문

초기에 하와이로 이주해 온 한인들은 대부분 독신 남성들이었다. 그들은 시간이 지나도 독신으로 남아 있었는데, 타민족과의 혼인을 생각해 보지 않았기 때문이었다.

그 와중에 혼인을 한 사람들도 있었는데 이는 대부분 중매를 통해서였다. 하지만 돈도 많이 들고 시간도 많이 걸리자 사진을 통해 신부를 얻었는데, 이들을 사진 신부라 하였고 이를 통한 중매혼이 성행하였다.

이주 초기에는 하와이의 풍요로움이라는 달콤한 말로 여성들을 유혹하였으나 막상 도착하면 현실은 녹록지 않았다. 그러나 시간이 지나면서 한인들의 위상이 높아지고 상황이 좋아지자 사진 신부는 한층 더 활발해졌다. 한인들의 생활이 풍요로워졌기 때문이었다.

한인 여성들 중 대개 다섯 부류의 사람들이 사진 신부가 되어 하와이에 혼인을 하기 위해 왔다.

가난에 찌든 생활을 벗어나기 위한 것이 첫 번째였고, 신비의 나라 아메리카를 경험하기 위한 모험적인 여성이 두 번째. 또 세 번째로, 교육을 받았거나 깨친 여성들은 자신들의 높아진 기대로 그녀들 앞에 놓인 전통적인 인습을 벗어나 새로운 지평을 찾고자 했다. 네 번째로, 부유한 집안의 여성들은 고등교육의 기회를 얻기 위해서였다. 마지막 다섯 번째, 가장 큰 이유는 일본의 지배를 벗어나고 싶어서였다.

"번기!"

"으잉? 학교 간다고 안 그렸어?"

"다시 가 봐야 돼."

"그려, 배울 수 있을 때 배워 둬야제."

"그런데 손에 든 그건 뭐야?"

"아, 이거? 나도 혼인해야제."

"혼인?"

명환은 슬픈 눈빛이 되었다.

"뭐를 그런 눈빛으로 본데, 기분 이상허게. 자, 봐 봐 으때?"

정갈하게 한복을 입고 있는 고운 자태의 여인이 사진에 박혀 있었다.

"곱네."

아메리칸
드림

"그라제? 내가 복이 있다니께."

희희낙락하는 번기를 보며 명환은 고개를 저으며 말했다.

"언제 사우나나 같이 가자고."

"사우나? 그게 뭣이여?"

"견디기 힘들지만 함부로 나갈 수 없는 곳."

의미심장하게 말을 건네고는 떠났다.

"사우나가 섬 이름이여? 무인도나 된갑구만. 그런 데를 머던디 가자고 할까?"

고개를 갸우뚱하던 번기는 사진을 쓰다듬으며 만족감을 느꼈다.

♣

길재가 소개해 줄 사람이 있다며 데리고 간 곳은 대종교의 교당이었다.

"대종교?"

"알고 있었느냐?"

"네."

길재는 의외인 듯 대찬을 빤히 쳐다봤다.

"국내에서 일어난 일들은 늦더라도 항상 보고가 돼요."

"그래, 아무튼 작년에 교당을 짓고 싶다며 찾아왔었다."

"잘하셨어요. 민족종교인데 지지를 해 줘야지요."

교당은 굉장히 소박하게 지어져 있었는데, 정면에 단군을 그려 놓은 그림을 뺀다면 전혀 대종교의 교당임을 알 수 없을 정도였다.

"어서 오십시오."

부자가 교당에 들어서자 반가운 기색으로 맞이하는 사람이 있었다.

"단운檀雲 선생, 여기 내 아들이오."

"오, 그 유명한 금산입니까?"

"안녕하세요. 강대찬입니다."

"자 자, 여기서 이러지 말고 들어오세요."

교당 한쪽에는 작은 좌식 탁자가 있었는데, 그곳에 앉자 단운은 능숙한 솜씨로 차를 만들어 내었다.

"하하, 중근 그 친구에게 이야기 많이 들었다네."

"네?"

"이토를 저격했던 사람 중에 하나가 날세."

"아!"

"자네 지원이 참 큰 힘이 되었네. 고맙네."

대찬에게 단운 우덕순과의 만남은 뜻밖이었다. 독립운동을 하는 사람들은 대부분 광복군에 투신하여 좀처럼 만나기가 힘들었기 때문이었다.

"아니에요. 큰일 하시는데 지원을 제대로 해 드리지 못해서 죄송하지요."

아메리칸
드림

"충분한 힘이 되었네."

"그렇다면 다행이네요."

"내가 몽성 선생에게 자네를 만나고자 청한 이유가 있네."

대찬은 대답 대신 자세를 바로 고쳐 잡았다.

"폐하께서 여기에 계시네."

"네?"

"대한제국의 황제 폐하께서 지금 하와이에 계시네."

덕순의 말에 대찬은 골치가 아파 왔다.

"어떻게 된 일인지 알 수 있을까요?"

"그러니까……."

순종은 나철에 의해서 대종교의 만주 본산에 지내게 되었고 그곳에서 한인들의 현실에 대해서 알게 되었다. 속은 상하지만 자신이 할 수 있는 일이 전혀 없음을 깨달았고 깊은 실의에 빠져 허우적대었다. 그러던 중 일본이 국조 단제를 신봉하는 항일 집단이라며 박해를 시작하자, 순종을 가장 안전하다 생각하는 미국으로 보낸 것이었다.

"그렇군요. 제가 어떻게 하면 될까요?"

"폐하를 영국으로 보내 주게."

"전쟁 중이라서 위험합니다."

현재 해상은 독일의 무제한 잠수함 공격으로 아주 위험한 상태였다. 중립국의 여부도 상관없이 무조건 격침을 하는 통에 배를 띄우는 것이 무척이나 부담스러운 상태였다. 이런 상황에서 순종을 영국으로 보내는 것은 굉장히 위험천만한 일이었다.

"간절히 원하고 계시네."

"사모궁으로 가시면 안 될까요?"

캘리포니아에 있는, 황실 가족이 거주하는 사모궁으로 가서 쉬기를 바라는 마음에 대찬은 슬쩍 권해 봤지만 덕순은 고개를 저었다.

"아무도 모르게 가고 싶다 하셨네."

"안정을 보장할 수 없습니다."

"상관없다고 하셨네."

직접 나타나지 않고 덕순을 통해서 이야기하는 것이 대찬은 썩 기분 좋지 않았다. 대찬은 옆에서 듣고만 있는 길재를 쳐다보았다. 길재는 대답 대신 고개를 끄덕임으로 덕순의 의견에 동의했다.

"알겠어요."

이야기를 끝내고 교당을 나오는 대찬의 미간은 잔뜩 찌푸려져 있었다.

"아버지는 알고 계셨어요?"

길재는 아무 말도 하지 않았다.

"무슨 생각인 거예요?"

"……믿자꾸나."

대찬은 답답함을 느꼈다.

아메리칸
드림

'이제 나도 모르겠다. 황실에는 할 만큼 했어!'

도대체 무슨 생각인지 알 수 없을 만큼 기이하게 행동하는 순종을 이해할 수 없었기 때문에 더 이상 생각하지 않으려 했지만 신경 쓰이는 것은 어쩔 수가 없었다.

교당 안.

"폐하."

순종은 조용히 눈을 감고 명상을 하고 있었다.

"이야기는 잘되었소?"

"그렇사옵니다. 한데 영국에 꼭 가셔야겠습니까?"

"이미 이야기가 끝난 것으로 알고 있소만."

"금산의 걱정이 큰 것 같사옵니다."

"금산에게는 고맙게 생각하고 있소. 큰일을 해 주고 있지. 마치 한 나라의 재상처럼 말이오. 그렇지만 나는 꼭 알아야 겠소."

"무엇을 말이옵니까?"

"저 영국이라는 나라의 비밀 말이오."

"어인 말씀이시옵니까?"

"우리와 크기가 비슷한 나라가 세계 경영을 할 수 있는 이유를 나는 꼭 알아야겠소."

반개한 순종의 눈에는 불꽃이 일렁이는 것만 같았다.

대찬의 지시로 화물선으로 한가득 캘리포니아의 고운 모래를 실어 왔다.

　　"와이키키 해변에 초승달 모양으로 예쁘게 모래를 까세요."

　　임시방편인 것은 알고 있다. 회귀하기 전에 부산의 해운대 역시 똑같은 문제를 겪고 있었기에 이를 뉴스로 접할 수 있었는데, 이런 방법을 사용할 시에는 매년 모래를 구해 보충해 주어야만 했다.

　　"방법이 없을까?"

　　아무리 고민해 봐야 대찬에게 다른 방법은 없었다.

　　"이 시대에 환경공학자가 있을까?"

　　존재 유무에 대해서 궁금했기에 알아보기 시작했지만 정확하게 환경공학자라는 명칭을 달고 활동하는 사람은 전무했다. 다만 토목공학자들을 통해서 환경을 개선시킬 방안을 찾을 수는 있다는 판단이 섰다.

　　대찬은 즉시 하와이에 환경공학 연구소를 설립하고 하와이의 환경을 쾌적하게 유지할 수 있는 방안을 마련하라 지시했는데, 가장 첫 번째 해결 과제는 와이키키 해변의 모래를 유지시킬 수 있는 방법이었다.

　　"역시 이 느낌이지!"

　　모래가 깔린 와이키키 해변은 다시금 특유의 매력을 뿜냈다.

아메리칸
드림

"잠깐! 나 혼자 이럴 게 아니지!"

대찬은 부리나케 집으로 가서 엠마를 데리고 다시 해변으로 나왔다.

"좋죠?"

엠마는 고개를 끄덕였다.

그 모습에 기분이 좋아진 대찬은 엠마에게 장난을 걸기 시작했다. 바닷물을 살짝 떠서 그녀에게 뿌렸다. 이에 엠마 역시 똑같이 물장난을 쳤다.

한참 한적한 시간을 즐기던 두 사람은 해 질 무렵 해변에 나란히 앉아 낙조를 바라보았다.

"우리 자주 나와요."

"그래요."

붉은 낙조를 뒤로하고 두 사람은 입술을 포갰다.

샌프란시스코에 도착하자 대찬을 맞이한 것은 국내에서 배달 온 화물 더미였다. 이것을 확인한 대찬은 김 씨를 만나러 갔다.

"오랜만이군. 웬일이야?"

"급히 해 주셔야 할 게 있어요."

"뭔데?"

"서대문요."

"서대문?"

대찬은 한인들의 유물과 보물을 모으는 데 치중하고 있었는데, 어느 날 매일신보에 기사가 실렸다.

1914년 12월 23일.

"훼철하기로 결정된 서대문, 길을 넓히기로 부득이"

경성 서대문을 두고 아니 두는 데 대하여 이미 본지에 게재한 바어니와 당국에서는 옛적 건축물을 보존할 주의로써 아무쪼록 그 문을 그대로 둘 터이나 그 뒤에 이르러 그곳은 길을 넓히게 되는 경우이므로 그 문을 부득이 헐어 버리게 되어 근일 내로 그 문의 입찰을 행할 터이라더라.

처음 기사를 보고 가만 서대문을 생각하기 시작했는데, 한 번도 본 기억이 나지 않았다. 그래서 대찬은 관심 있게 지켜보기 시작했다.

1915년 1월 20일.

"서대문통 도로개정, 금년 여름안에 준공"

이미 총독부에 행하는 경성시구개정 제1기공사 중 동대문통과 광화문 앞 황토현으로부터 서대문 밖 의주가도에 이르는 일선은 이달부터 토지를 매수하기에 착수하여 본년도 안에 전부

를 마치고 봄의 해빙기를 기다려 역사를 시작하여 여름까지 준
공할 예정인데 그 공사의 내용을 들은즉 황토현 광화문통과 서
대문통과 십자길을 만들 터이므로 서대문에 이르는 사이는 동
대문통과 한 가지로 열다섯 간 넓이 길거리로 하고 성밖, 즉 서
대문으로부터 의주통 십자길에 이르는 사이는 열 간 길거리로
할 터이오 이 황토현으로부터 의주통에 이르는 길 연장은 대략
구 정여나 되겠다더라.

　기사를 보는 순간 사람을 보내 무조건 경매 입찰해서 미국
으로 가져오라 일렀다. 결국 서대문을 3월 6일 낙찰받아 서
대문의 석재를 제외하고는 하나도 빠짐없이 미국으로 가져
올 수 있었는데, 낙찰받은 금액보다 운송하는 비용이 더 많
이 들었다.
　"이번에 서대문을 사 왔어요."
　"정말인가?"
　"그럼요! 한번 가서 보실래요?"
　"어서 가세."
　김 씨는 마음이 동했는지 빨리 가서 확인하기를 원했다.
　항구에 도착하자 김 씨는 목재가 상한 곳이 없는지부터 확
인했다.
　"오!"
　1711년 숙종 37년에 다시 지어진 서대문의 목재를 보며 김

씨는 연신 감탄하기 시작했다.

"꿈이 아니겠지?"

고향의 정취가 물씬 풍겨 오는 목재들을 보며 김 씨는 대찬에게 꿈이 아닌지 연신 물었다.

"이거 보관을 어떻게 하죠?"

그 물음에 김 씨도 고민하기 시작했다.

"자네도 알다시피 목재는 이 상태로 두면 분명 썩을 것이네. 그러니 자리를 잡아 다시 건물 형태로 만들고 관리해 줘야 온전한 상태로 유지할 수 있을 게야."

"그럼 건물을 다시 올려야겠네요?"

"이동하며 상태가 나빠진 곳이 없는지 걱정이 크네."

"관리 좀 해 주세요."

"걱정 말게."

김 씨는 목재의 상태에 노심초사하며 인부들을 고용해 조심히 원하는 곳으로 옮겼다.

'남의 집 대문도 뜯어 파는데, 앞으로는 얼마나 문화재를 더 침탈할는지…….'

대찬은 나지막이 한숨을 쉬었다.

◆

1914년 8월 독일에 선전포고를 한 일본은 독일의 조차지였던 자오저우 만膠州灣을 점령하고, 10월 산둥 성의 독일 이권을 몰수하였다.

이듬해 오쿠마 시게노부大隈重信 내각의 가토 다카아키加藤高明 외무대신이 중심이 되어, 중국의 대총통 위안스카이袁世凱에게 비밀문서로 광범한 이권의 요구를 제출하였다.

내용은 5호 21개 조항으로 되어 있었는데, 이 요구가 중국에 전달되자 중국에서는 거세게 반발하였다.

내용을 알게 된 열강들은 일본을 비난하기 시작했는데, 전쟁이 나자 열강들이 중국에서 손을 뗄 수밖에 없는 상황에서 일본이 중국의 이권을 차지하려는 것이 보였기 때문이었다.

중국 군벌들의 세력 다툼으로 중국의 혼란이 극에 달한 상황에서 일본이 최후통첩을 발하자 결국 중국은 굴복했다. 5월 9일 위안스카이는 요구 조건을 거의 수용하고 조약에 서명했다.

대승산 광복군 주둔지.

변발한 머리를 하고 있는 사내가 안중근과 대담 중이었다.

"동맹을 맺자는 말이오?"

"그렇습니다. 지금은 힘을 합쳐야 할 때입니다."

사내는 위안스카이가 보낸 인물이었는데, 굴욕적인 조약을 맺은 이후 광복군을 찾아와 연합하자고 제의했다. 이는 지난 전투가 입소문을 타고 중국에까지 전파된 것에서 기인했는데, 이미 사할린에 이주하였던 중국인들이 자세한 사실을 알고 광복군이 승리하였던 전투를 소문냈기 때문이었다.

"우리가 동맹을 맺어서 얻는 이득이 무엇이오?"

중국이 21개조에 서명하는 순간 만주 전역에 있는 한인들이 위험한 위치에 놓였는데, 위험을 느낀 한인들은 연해주를 거쳐 사할린으로 이주하고 있는 상황이었다.

"지금은 이득을 생각할 때가 아닙니다! 어떻게든 일본을 몰아내야 되지 않겠습니까? 귀측도 그래야지만 고향을 되찾을 수 있습니다."

안중근은 고개를 저었다. 지난 전투에서도 일본군이 오만하게 행동하지 않고 사전에 조금만 정찰을 세심히 했으면 전투의 승패를 장담할 수 없었다. 그는 지금 당장의 현실에선 일본을 몰아낼 수 없다는 것을 알고 있었다.

더군다나 일본은 협상 측의 일원이었으니, 더더욱 어떻게 해 볼 방법 없이 때를 기다리는 것이 최선이었다.

"일본을 몰아내야 한다는 사실에는 동의하나 모든 것이 불확실한 상황에서 귀측의 제의에 동조할 수는 없습니다."

"허, 일본군을 상대로 승리했다더니, 어쩌다 운 좋게 한 번 이긴 모양입니다."

'휘둘릴 필요 없다.'

"다음에는 진전 있는 대화가 되었으면 합니다."

안중근은 명백하게 반대를 표하고 얼마 있지 않아 자리를 파했다.

아메리칸
드림

전투식량의 판매량이 줄어들기 시작했는데 이것은 예견된 일이었다. 각국에서 기호에 맞는 제품들이 개발되고 생산이 되자 자체적으로 공급을 시작했는데, 반응은 그리 좋지 않았 다. 그럼에도 불구하고 계속해서 판매는 되었는데, 독일의 잠수함 공격으로 수송이 힘들어지자 필요한 소비량을 맞추 기 위해서 꾸준히 구입한 것이다.

그래도 자국에서 생산한 것보다 질이 좋아 고급으로 인식 하는 계기가 되어 대찬의 공장에서 생산하는 제품을 원하는 사람들이 많았다.

"지출을 줄여야 합니다."

수익에 비해서 지나치게 지출이 많아지자 에릭은 지출을 줄이자고 강력하게 주장했다.

"심각한가요?"

"아직은 괜찮지만 이대로 계속 진행된다면 지출이 역전될 수도 있습니다."

"흠."

인구수를 늘리기 위해 지원 정책을 시작하고 고정적으로 많은 금액이 빠지자 이득이 급격히 나빠지기 시작했다. 그렇 다고 지원을 멈출 수는 없었는데, 금전적으로 여유가 생기자 임신한 사람들이 굉장히 많아지기 시작했던 것이다.

'이대로 유지된다면 좋겠는데.'

대찬이 한인들의 자식이 많아지길 원하는 이유는 딱 하나였는데, 그것은 일본과 대적할 수 있는 충분한 군인의 숫자를 만들기 위해서였다.

특히나 이 시대는 오락이나 유흥거리가 풍족하지 않았고 피임에 대한 개념이 확실하지 않았기 때문에 아이들을 많이 낳는 편이었는데, 지원만 제대로 된다면 건강하게 성인이 될 것을 확신했다.

"어떻게 생각해요?"

철영에게 의견을 물었다.

"적자가 계속된다면 그때 생각해도 늦지 않다고 생각합니다. 그리고 앞으로 적자를 유지하던 몇몇 기업체들에서 곧 수익이 날 것 같습니다."

"그래요? 뭐가 있어요?"

"일단 방독면은 거의 개발이 완료되었다고 합니다."

"시제품은 나왔어요?"

"네, 성능 확인 중입니다."

"빠르네요."

대찬이 흡족하게 미소를 지었다.

"방독면!"

에릭은 뭔가 잠시 생각을 하더니만 이내 환한 얼굴로 말했다.

아메리칸
드림

"계속 지원해도 상관없을 것 같습니다."

강력하게 지출을 줄이는 것을 건의했지만, 방독면이 전투 식량을 능가하는 판매 물품이 될 거라 예상했는지 얼굴에 걱정스러운 표정이 사라지고 없었다.

"에릭, 그렇게 쉽게 마음을 바꿔도 되는 거예요?"

"하하, 부끄럽기는 하지만 제가 선택한 기업이 사라지는 것은 절대 원치 않습니다."

에릭의 애사심은 상상을 초월할 정도였는데, 자신이 맡은 기업체는 하나부터 열까지 전부 다 파악하고 꼼꼼하게 일했다. 그것도 모자라 어떻게 하면 더 키울 수 있을지 고민하고 또 고민했다.

"정화통은 탈부착으로 만들었겠죠?"

철영은 놀란 표정을 지었다.

"어떻게 아셨습니까?"

"저번에 기획안을 얼핏 봤는데, 정화통을 탈부착하게 설계해 기능을 제대로 하지 못할 때 새것으로 교체한다고 본 것 같아요."

대찬은 순간 기지를 발휘해서 곤란한 상황을 피했다.

"맞습니다. 그래서 마스크는 판매가 줄더라도 정화통만은 계속 판매될 것으로 예상됩니다."

"좋아요. 그리고 또 있나요?"

"정식적인 보고는 없지만 들리는 소식에 의하면 비행기 개발이 완료되었다고 합니다."

다른 일이 많아 잊고 있었던 비행기의 개발 완료 소식에 대찬은 흥분하기 시작했다.

"근데 왜 보고가 없어요?"

"그게…… 광명 씨가 마음에 들지 않는지 계속해서 개선 작업 중이라고 합니다. 내놓기 부족하다는 생각이 들어서 그런다고 들었습니다."

"제레미 씨를 보내 정확하게 파악해 오라고 일러 주세요."

이 시대 군대에는 육군과 해군은 있었지만 공군은 존재하지 않았는데, 항공에 대해서 아직은 개념이 희박했다. 그러니 군 생활을 했던 제레미를 보내 군인의 시각으로 정확하게 보고하면 자신이 개발 방향에 대해서 잡아 줄 생각이었다.

"알겠습니다."

"그리고 라디오 방송국은 어떤가요?"

"포리스트 씨의 주도하에 아직 공사가 진행 중입니다."

"생각보다 오래 걸리네요?"

"뭔가 실험도 같이 진행하기 때문에 시간이 더 걸리는 것 같습니다."

"그렇군요. 포리스트 씨 소송 건은 잘 마무리되었고요?"

"거의 막바지라고 생각하시면 됩니다."

"당연히 승소겠지요?"

"그렇습니다."

"좋아요. 더 이야기할 것 있나요?"

에릭이 기다렸다는 듯이 말했다.

"제가 할 말이 있습니다."

"뭔가요?"

"혹시 자동차 사업을 하실 생각 없으십니까?"

"자동차요?"

"네, 우리 사업체를 보시면 하늘과 바다는 있는데 육지 이동 수단만 없었습니다. 그래서 이번 기회에 자동차 사업도 진출해 보면 어떨까 싶습니다."

"자동차라……."

철영은 대찬의 대답을 차분하게 기다렸다.

'필요하기는 하지, 탱크를 만들려면 자동차 공장이 필요하기는 한데…….'

자동차 사업을 시작하기는 쉽지만 걸리는 것이 많았다. 백인들에게 뿌려 준 사업들 중에 한 가지가 자동차 사업이었기에 섣불리 시작했다가 무슨 반응을 보일지 예상이 되지 않았다.

'어떡하지? 안 할 수도 없고. 경쟁은 전혀 무섭지 않은데 말이야.'

비행기와 배를 만들면서 우수한 기술력은 이미 확보되었다. 연구하고 개발하다 보니 가장 중요한 엔진을 만드는 기술만큼은 뛰어나다고 자부할 수 있었다. 그러니 언제든지 자동차 사업을 시작해도 전혀 문제 될 것이 없었다.

"일단 보류하도록 하죠. 다음번에 답을 주겠습니다."

"네."

에릭은 아쉽다는 듯이 입맛을 다셨다.

며칠 뒤 제레미가 두꺼운 보고서와 함께 대찬을 찾아왔다.

"요청하신 항공 사업 보고서입니다."

"고마워요."

"별말씀을."

보고서에는 그림까지 첨부되어 있었는데, 복엽기에 앞뒤 좌석의 높이가 달라 굉장히 전투에 실용적이었다.

"안전은 어떻습니까?"

"시승을 해 봤는데, 이착륙 시에 조종대의 떨림이 있는 것을 제외하면 딱히 문제가 없었습니다."

시제기를 시승해 봤다는 제레미의 말에 놀라 되물었다.

"시승까지 했어요?"

"그렇습니다."

"어땠어요?"

"무척 좋았습니다."

무뚝뚝한 제레미의 얼굴에 생기가 도는 것을 보자 굉장히 만족했음을 알 수 있었다.

대찬은 다시 서류에 집중하며 한마디를 툭 던졌다.

"지치고 힘들 때 가끔 찾으면 좋겠네요."

"감사합니다."

보고서를 쭉 보다 보니 한 가지 문제점을 찾을 수 있었다.

"이착륙에 떨림이 있다고요?"

"그렇습니다."

이착륙 때의 문제점을 찾을 수 있었는데, 이착륙 시에 쓰이는 바퀴가 상대적으로 얇게 느껴졌다. 안정적으로 바닥을 지탱하지 못하니 문제가 있을 수도 있다는 예상을 했다. 그리고 몇 가지 자잘한 문제점을 찾아내 광명의 기분이 상하지 않게 적당히 얼버무려 썼다.

"제레미 씨가 이것을 광명 씨에게 가져다줘요."

"그럼 이만."

"아참, 가면서 주영 씨에게 철영 씨 좀 불러 달라고 전해 주세요."

"네."

비행기의 바퀴를 보면서 생각이 난 것이 있었는데 타이어였다. 바퀴 달린 모든 것에는 어떤 타이어가 꼭 필요했기 때문에 무조건 해야겠다는 생각을 했다.

"찾으셨습니까?"

"아, 이거 보세요."

철영이 도착하기 전까지 타이어를 개발하는 연구소를 만들기 위한 계획서를 작성하고 있었다.

"타이어라면 바퀴를 말씀하시는 겁니까?"

"맞아요. 그런데 용도에 맞는 타이어를 만들자는 거지요."

"용도라면?"

"비행기의 바퀴, 자동차 바퀴, 자전거 바퀴, 바퀴에 쓰일 만한 타이어를 제대로 만들자는 거지요."

"이게 무슨 필요가 있겠습니까?"

실효성에 의문이 생겼는지 철영이 진지하게 질문했다.

"앞으로 꼭 필요할 거예요. 예를 들어 자동차는 길이 없거나 평지가 아니라면 다니지를 못하잖아요? 그런데 기능성 타이어를 만든다면 산길을 달릴 수도 있을 거예요."

"기능성 타이어……."

"그리고 제일 처음 연구 과제는 지금 개발 중인 비행기의 안정적인 타이어를 만드는 거예요."

"알겠습니다. 그럼 바로 진행하도록 하겠습니다."

인류의 역사는 바퀴가 있던 시대와 없던 시대로 나눠도 문제가 없을 정도로 바퀴의 발명은 혁명이었다. 미래에서는 오프로드를 달리기 위해서 가장 필수인 것이 오프로드 전용 타이어라 할 정도였다.

철영이 나가자 대찬은 아차 싶은 마음이 들었다.

"가뜩이나 사람이 부족한데, 또 사업체가 늘었어!"

대찬은 고개를 푹 숙이고 한숨을 쉬었다.

"사람, 사람이 필요해!"

아메리칸
드림

주변을 둘러보니 사업체들의 차기 내정자로 주영과 지번 그리고 유일한뿐이었는데, 주영과 지번은 아직 부족한 느낌이 들었고 유일한은 대학을 졸업할 때까지 기다려야만 했다.

"명환이를 꼬실까?"

명환 역시 대학을 갔다. 그 특유의 잔머리라면 무언가 성과가 있을 것 같은데, 대학 때문에 당장 같이 일할 수 없으니 아쉬움이 컸다.

"어휴."

한편으로는 뺀질거리는 것이 생각나 고개를 흔들었다.

"명환이는 더 생각해 보자."

"방독면의 성능 실험이 끝났습니다."

철영의 보고에 일정 물량을 협상국 쪽에 풀자 반응이 바로 나타났는데, 이제까지 속수무책이었던 독가스를 방어할 수 있는 수단이 생겼기 때문이었다.

각국 주재관들의 관심이 샌프란시스코로 집중되었다. 이유는 단 하나였는데. 다른 국가들보다 방독면을 먼저 공급받기 위해서였다.

독가스에 노출되는 시간이 잠깐이라도 있으면 돌이킬 수 없는 피해를 입었는데, 전선에서는 매일 죽어 나가는 사람들이 속출하여 어떻게든 인명 피해를 줄이기 위해서 애썼다. 그래서 방독면은 싼 가격이 아님에도 생산되기가 무섭게 유럽으로 수출되었다.

"생산 시설을 확대해야 합니다."

"원자재 공급이 원활하지 않습니다."

"인부들의 숙련도가 낮아 생산량이 많지 않습니다. 생산량을 늘리기 위해서 인원을 확충해야 합니다."

갖가지 문제가 터졌다. 어떻게든 요구하는 생산 물량을 맞추기 위해 최대한 노력했지만 중과부적이었다.

심지어 이런 요구까지 있었다.

"불량품이라도 팔아 달라고 하고 있습니다."

밀폐되지 않으면 목숨이 위험하기 때문에 불량품은 절대로 판매하지 않고 폐기하였는데, 이마저도 어떻게든 물량을 채우기 위해 달라고 요구하였다.

"불가합니다."

지시는 내렸지만 어떻게든 유출될 수 있기에 불량품이 발견되는 즉시 폐기를 지시했다.

"참 사람 목숨이 값어치가 없는 시대네."

생명을 지켜 주는 방독면을 불량품이라도 좋으니 판매해 달라는 요청에 대찬은 새삼 이 시대의 사고방식에 놀라움을 느꼈다.

"최대한 생산량을 늘리고 공장과 인원을 확충해서 원활

한 공급을 할 수 있도록 해요. 그리고 원자재는, 연구소에 대체할 수 있는 자재를 최대한 빨리 개발할 수 있도록 지시하세요."

방독면은 날개가 달린 듯이 팔렸고, 전투식량을 판매한 것보다 몇 배나 되는 수익을 올렸다.

"손님이 오셨습니다."

"누구죠?"

"영국 주재관입니다."

"모셔 오세요."

호텔에 있는 사무실에 키가 큰 백인 남성이 들어왔다. 이에 대찬은 일어서서 악수를 건네며 맞이했다.

"존 D. 강입니다."

"에드워드 P. 리치입니다."

"반갑습니다. 그런데 무슨 일인가요?"

"방독면 때문에 왔습니다."

"방독면요?"

"그렇습니다. 혹시 방독면 라이선스를 허가해 주실 생각은 없으십니까?"

"라이선스면 직접 생산하시려고요?"

"그렇습니다. 이동 거리가 너무 길고 잠수함 때문에 제대로 도착하는 물량이 굉장히 적습니다."

"흠……."

군수물자 라이선스는 아직까지는 흔한 일이 아니었다. 캐나다에서 로스 소총을 개발한 이유도 그 때문이었다. 영국에서 리엔필드 SMLE 소총의 라이선스를 허가해 주지 않아 대체 목적으로 개발된 것이 1903년 찰스 로스가 개발한 로스소총이었던 것이다.

"조건은?"

"라이선스를 영국과 프랑스에 허가해 주신다면 일정한 로열티 지급은 물론이고……."

"그리고?"

"관심 있어 하시는 영토의 할양을 약속하겠습니다. 예를 들어 채텀제도와 뉴칼레도니아가 있겠네요."

대찬은 흥미가 동했다.

"채텀제도는 뉴질랜드 영토고 뉴칼레도니아는 프랑스 영토로 알고 있습니다."

"맞습니다. 그러니 프랑스에도 라이선스 허가를 요청하는 것이죠. 물론 채텀제도는 큰 도움을 드리겠습니다."

'뉴질랜드를 압박한다는 건가? 이미 이야기가 잘 진행되고 있는데 괜히 초 치는 거 아닌지 모르겠네.'

대영제국의 일원인 뉴질랜드를 영국이 압박하는 것은 여러모로 모양새가 좋지 않았는데, 당장은 넘어가더라도 미래에 어떻게 시비를 걸지 알 수 없었다.

아메리칸
드림

'가장 중요한 것은, 영국에서 얻는 것은 하나도 없고 남들 걸로만 생색내려고 하네?'

채텀제도는 뉴질랜드 영토였고 뉴칼레도니아는 프랑스 영토였다. 그런데 제의한 것을 들어 보니 타국의 영토로 협상을 하고 있었다.

"지금 당장 답을 할 순 없을 것 같습니다."

"이해합니다. 그럼 다음에 뵙도록 하죠."

에드워드가 떠나고 대찬은 간부들을 소집했다.

잠시 후 간부들이 속속 도착했고 대찬은 받은 제의에 대해서 설명해 줬다.

"절대 안 됩니다."

에릭은 눈에 불을 켜고 반대했다. 방독면 개발 후 이제 막 수익이 증대되기 시작했기 때문이었다.

"언젠가는 전투식량처럼 팔 수 있지만, 지금 당장은 아니라고 생각합니다."

반면 제레미는 찬성했다.

"최우선으로 방독면 개발에 힘쓰고 있을 것은 뻔합니다. 그러니 이득을 취할 수 있을 때 최대한 이익을 얻고 라이선스를 허가해 주는 것이 옳다고 생각합니다."

두 사람이 방독면에 초점을 맞추고 있을 때 철영은 다른 방면의 의견을 냈다.

"우리가 영국에서 얻을 것이 없습니다."

철영의 말에 한참 토론을 하던 에릭과 제레미도 말을 멈췄다.

"그나마 얻을 수 있는 것이 국제적인 비호인데, 그 역할은 미국이 충분히 해 줄 수 있다고 생각합니다. 결국 이 협상을 계속 진행하려면 다른 것은 문제가 되지 않고 영국에서 무엇을 얻을 수 있는지가 중요합니다."

"영국에서 얻을 수 있는 것."

"딱히."

대찬이 회의를 소집한 가장 큰 이유도 영국에게 원하는 것이 전무했기 때문이었다. 특별한 접점도 없고 평소에 나눈 교감도 없었기에 원하는 것이 전혀 없었다.

"차라리 미 정부에 위임해 버리는 것이 어떻습니까?"

제레미는 옆에서 고개를 끄덕였다.

현재 미국은 중립을 유지하고 있었으며 협상국과 동맹국 모두에게 필요한 것들을 판매하고 있었다. 이것은 대찬 역시 마찬가지였다.

처음에는 협상국에만 판매해야 된다고 생각했는데, 오히려 정부에서 중립국이니 어느 누구와 거래를 해도 상관없다며 구분 없이 판매하길 권했다. 대찬이 수출할수록 세금을 많이 냈으니 정부에 문의하기 전에 권하는 적극성마저 보였다.

"제 생각도 정부에 위임해 버리는 것이 좋겠다는 생각이 듭니다. 대통령 선거도 얼마 남지 않았으니 이익도 얻고 민주당과의 연계도 단단히 할 수 있을 것 같습니다."

딱히 이러지도 저러지도 못하는 상황에서 모두가 정부에 위임하자는 의견을 냈다.

'존도 정부에 맡기라도 조언했지.'

정부를 통해서 더 높은 곳으로 가 보라고 조언했던 존의 말도 생각이 났기 때문에 결정짓기 편했다.

"좋아요. 그럼 정부에 맡기는 것으로 하지요."

"그럼 우리는 무엇을 얻어 내면 되겠습니까?"

"채팀제도, 뉴칼레도니아와 일정의 라이선스 비용을 받는 걸로 하지요."

"알겠습니다."

"철영 씨가 대표로 가도록 해요."

"네."

"그리고 이것 받아요."

대찬은 서류를 나눠 줬다. 받고 읽기 시작하자 가장 놀란 것은 제레미였다.

"이런 혁신적인 생각은 어떻게 하신 겁니까?"

"아, 전투를 수행함에 있어서 효율을 따지다 보니 이렇게 만드는 것이 좋겠다는 생각을 했어요."

대찬이 나눠 준 서류에는 탄띠, 전투 조끼, 카고 바지가 그려져 있었다. 모두 들고 다니기 불편한 탄약을 몸에 지니기 편하게 만든 것이었는데, 현재 소총은 단발, 쏘면 총알을 다시 넣고 장전해 쏘는 식이었다.

"당장 생산하겠습니다."

에릭은 적극적으로 자신이 하고 싶다는 것을 피력했다.

"그렇게 하도록 해요."

"감사합니다."

"그리고 마지막으로 모든 군수 물품에 대해서 다시 한 번 연구해 더 좋은 제품들을 생산했으면 합니다. 그러니 전 사원들을 대상으로 공모를 해 봐요."

연구원들도 자신의 역할에 맞게 충실히 개발했지만 간혹 남들과는 다른 생각으로 편리한 제품들이 만들어졌다.

"효과가 있겠습니까?"

"사람은 생각을 하니까 충분히 가능성이 있다고 생각해 요. 밑져야 본전이니까 진행해 보세요."

"알겠습니다. 그럼 전 사원을 대상으로 공모해 보도록 하 겠습니다."

"회의는 이것으로 끝내죠."

사람들은 한숨 돌릴 틈도 없이 밀린 업무를 위해 떠났다. 대찬 역시 업무에서 자유로울 수 없었기에 일을 시작했다.

존 웨스턴 대학교

따르릉.

"여보세요?"

—나 김 씨일세.

평소에 전화를 많이 하는 편이었지만 김 씨와의 전화는 의외였는데, 사무실에 있는 시간보다 현장에서 움직이는 시간이 많았기 때문이다.

"아저씨, 전화도 쓸 줄 아시네요?"

—험, 익숙하지는 않지만 바쁠 때는 써야지.

김 씨는 머쓱한지 헛기침을 했다. 그만큼 본인도 어색함을 느끼고 있었다.

"하하, 무슨 일이세요?"

-도서관은 아직 완공되려면 멀었는데, 대학은 완성이 되었네.

처음 공사에 착수한 것은 2년 전이었는데, 전통 양식에 따른 목재 건물이었다.

"빠른 거예요, 늦은 거예요?"

-목재로 만들었으니, 이 정도면 충분히 빠르다고 생각하네.

"알겠어요. 금방 갈게요."

-알겠네.

전화를 끊고 대찬은 완공된 대학을 확인하기 위해 이동했다.

대학은 샌프란시스코의 외곽에 넓은 땅을 마련해서 짓기 시작했는데, 2년이 좀 지났다. 조금씩 형태를 갖추기 시작한 것이 지금은 완성되었다고 하니 기대가 되었다.

"이야!"

대학교의 정문에 도착하자 굉장히 커다란 문이 대찬을 반겼다.

"어서 오게."

"무슨 문을 이렇게 만들었어요?"

커다란 문을 슬쩍 쳐다본 김 씨가 말했다.

"프랭크가 대학교에는 상징적인 건물이 있어야 한다고 부득불 우겨서 이렇게 만들게 되었네."

"숭례문보다 더 크죠?"

"훨씬 크다네."

"그런데 왜 담장이 없어요?"

아메리칸
드림

"이 문은 상징적 의미가 있는 것이지, 평소에는 이 문을 통과할 수 없다네."

"중요한 순간이면?"

"입학을 하거나 졸업을 할 때지."

"영광의 문인가요?"

"영광이 문이라……. 앞으로 영광의 문이라고 불러야겠구먼."

"허, 진심 아니시죠?"

대찬이 김 씨를 보자 그가 진지한 얼굴로 말했다.

"진심이라네."

"끄응, 일단 한번 둘러보죠."

"좋네."

대학의 전경은 아주 익숙하면서도 조금은 익숙하지 않았는데, 건축양식은 한옥을 따르되 구조적으로는 전혀 달랐다.

건물이 크고 웅장했으며 강의실을 들어가 보면 계단식으로, 부채꼴 모양으로 되어 있었다. 그리고 최대한 확 트인 시야를 만들기 위해 고심한 흔적이 엿보였다.

이렇게 만들고 남은 빈 공간들은 최대한 효율적으로 쓸 수 있게 만들어져 있었다. 그리고 이러한 건물들이 서로 특징을 가지고 서 있었다.

"진짜 멋있네요. 꼭 전설 속에 나오는 곳 같아요."

"그런가? 저기 멀리 보이는 큰 건물이 대도서관이네."

"저게 얼마나 진행된 건가요?"

"아직 절반도 되지 않았다네."

멀리서만 봐도 크게 느껴지는 것이, 그 크기가 짐작되지 않았다.

"그런데 불에 대해서는 안전한가요?"

"아무래도 목재 건물이다 보니 불에 강하지 못하다네."

"그렇군요."

"그렇지 않아도 프랭크가 그 문제로 고심하고 있다네. 그리고 저쪽 너머는 전부 다 석재를 이용해서 만들기로 했다네."

"그래도 돼요?"

"우리 식으로 연구하는 것이 있다고 들었네. 지켜보면 알겠지."

아직도 대학을 짓기 위해 지원한 땅을 절반도 쓰지 않았는데, 이는 대학이 발전하면 사용할 수 있게 미리 준비해 놓은 것이었다.

"아저씨는 더 짓고 싶은 것이 있으세요?"

"이제는 후학 양성을 하고 싶네."

"그럼 잘됐네요. 여기서 후학 양성을 하시면 될 것 같아요!"

"이론만으로는 훌륭한 대목장이 나올 수 없네."

"하지만 기회는 줄 수 있잖아요?"

"생각해 보겠네."

대찬은 이듬해부터 신입생을 받아 교육할 수 있게 준비하기 시작했다.

아메리칸
드림

현재까지 한인들의 능력을 보여 준 것은 건축물이 대표적이었기 때문에 김 씨와 프랭크를 전면적으로 내세워 건축학과를 중심으로 삼았다.

　대찬은 테슬라도 교수진으로 끌어들이기 위해 넌지시 운을 띄웠는데 돌아온 답은…….

　"내 일이 너무 바쁩니다."

　이렇게 일축하고 완강히 거절하였다.

　"어휴, 도대체 뭘 하는지 알 수가 없네."

　모든 것을 일임했기에 할 말은 없었다. 혼자서 무언가에 열중하고 있었지만 보고가 전혀 없어 무언가를 하는 것만 알지 뭘 하는지는 알 수 없었다.

　대학에 전혀 관심이 없는 테슬라를 제외하고 총장 역할을 누구에게 맡길지 고민했는데, 프랭크가 생각이 났다. 미국에서 명성도 높았기에 적임자라고 생각했다.

　그렇지만 돌아온 답은.

　"스승님이 계시는데 어떻게 제가 총장을 합니까?"

　이렇게 거절을 표했다. 그래서 대찬이 당장 김 씨에게 가서 총장을 하라고 하자.

　"프랭크에게 맡기면 되지 않느냐?"

　시큰둥하게 관심 없다는 투로 말했다.

　"아저씨가 있어서 못 한다는데요?"

　대찬이 답하자 김 씨는 얼굴이 붉어지며 콧김을 씩씩 내뱉었다. 그리고 얼마 지나지 않아 프랭크가 총장을 하겠다고 하였다.

결국 프랭크의 업무가 굉장히 과중하게 올랐는데, 그가 못 하겠다고 대찬에게 따지러 왔다가 대찬의 책상에 산처럼 쌓여 있는 서류를 보고 조용히 물러갔다.

"주영 씨, 지번 씨, 이제 치워도 돼요."

프랭크가 떠나자 대찬의 사무실은 깔끔하게 정리되었다.

워커홀릭workaholic.

말 그대로 일중독자나 업무 중독자들을 일컫는다. 가정이나 다른 것보다 일이 우선이어서 오로지 일에만 몰두하는 사람을 지칭하였다.

'나도 워커홀릭인가?'

매일 넘쳐 나는 업무를 처리하기 위해 하루를 보내고 있었는데 이제는 너무 익숙해졌다. 대찬은 회귀 전 대기업에 다니던 친구가 했던 말이 생각이 났다.

─CEO 같은 사람들은 젊어서부터 많은 서류를 보고 업무를 처리하는 게 연습되어 있다 보니 자연스럽게 나중에는 많은 일을 처리할 수 있어. 그런데 점점 사무실에 있는 시간이

늘어나게 되는데, 왜 그런 줄 알아? 그만큼 일이 늘어나거든!

처음에는 지금보다 적은 양의 서류였지만 많다고 느꼈으며 업무가 버거웠다. 반면 지금은 늦더라도 어떻게든 그날 해야 될 일은 문제없이 해결하고 있었다. 과거에는 많은 서류가 주변을 가득 메우고 있었지만, 현재는 몇 배나 되는 양을 빠르게 처리하고 있었다.

'너무 수월하게 일 처리를 하다 보니까 프랭크에게는 속임수까지 써야 했지.'

건축을 제외하고는 자유롭게 살던 사람이라 사무실에 있는 시간이 늘어나고 밀려오는 많은 서류들로 인해서 한 번은 찾아올 것이라고 생각했었다.

"당분간 사무실을 치우지 말아요."

대찬은 미리부터 준비를 했다. 그리고 아니나 다를까 프랭크가 찾아왔고 대찬은 일부러 피곤하다는 느낌을 주었다.

"프랭크 씨 왔어요?"

순간 프랭크의 눈빛은 심하게 흔들렸다.

"잠깐만요. 이것만 마저 해 놓고 이야기해요."

평소보다 천천히 서류를 검토하고 처리한 후 프랭크가 앉아 있는 소파 쪽으로 옮겼다.

털썩.

"어휴."

앞에 있는 차를 한 모금한 후…….

"무슨 일이에요?"

"그, 그게…….."

안절부절못하던 프랭크는 이내 진정하고 말했다.

"집 공사를 이제 착수합니다."

"아, 그래요?"

"네."

"그렇군요."

"……."

"이만 가 보겠습니다."

"벌써 가시게요?"

"일이 많습니다."

"아, 미안해요. 일이 많죠?"

"아닙니다."

"대학교는 먼저 일을 나눌 수 있는 부총장과 행정 직원들부터 구하시면 훨씬 수월하실 거예요."

"알겠습니다."

프랭크가 나가자 대찬의 지시로 방이 다시 깨끗해졌고 그의 두 눈에도 총기가 돌아왔다.

"어휴, 사람이 없으니 어떻게든 써먹으려고…… 참, 나도 나다."

아메리칸
드림

이렇게 일단락되는 줄 알았으나 프랭크의 역습이 시작되었다.

프랭크는 제일 먼저 학교 이름을 지었는데 존 웨스턴 유니버시티John Western University라고 지었으며 부총장으로 영입한 사람은 다름 아닌 길현이었다.

"헉."

소식을 듣고 놀라는 순간 프랭크의 다음 행보가 이어졌는데, 여러 학부를 창설하면서 법학부를 만들었다. 여기에 교수로 초빙한 사람이 윌리엄 H. 태프트였다. 대찬은 생각지도 못한 인사였다.

따르릉.

"존입니다."

-프랭크입니다.

"아, 네."

-혹시 오늘 저녁에 시간 되십니까?

"무슨 일이에요?"

-소개해 드릴 사람이 있습니다. 식사를 같이 했으면 합니다.

소개해 준다는 사람이 누군지 직감할 수 있었다.

"좋아요. 저녁에 뵙죠."

여러 가지 생각 때문에 일이 손에 잡히지 않았다. 저녁 시간이 되자 약속한 장소로 이동했다.

고급스러운 유럽식 정찬을 즐길 수 있는 레스토랑은 예약제로만 운영하고 있었다. 이곳에 대찬이 들어가자 누군지 묻지도 않았다.

"저를 따라오십시오."

안내를 하는 웨이터를 따라가자 한쪽에 마련되어 있는 프라이빗 룸으로 안내되었다.

"아, 오셨네요."

태프트와 이야기를 나누던 프랭크는 대찬을 보고 서로 소개시켜 주었다.

"여기는 27대 대통령을 지내신 윌리엄 하워드 태프트 씨입니다. 그리고 여기는 캘리포니아에서 가장 유명하신 사업가 존 D. 강입니다."

"반갑소."

태프트는 먼저 손을 내밀어 악수를 청했다.

"반갑습니다. 존입니다."

악수가 끝나자 자리에 앉았고 프랭크의 간단한 농담으로 분위기를 환기시킨 후 한결 편안한 분위기로 이야기가 시작되었다.

"존 씨는 굉장히 의외라고 생각할 것 같은데, 안 그렇소?"

"솔직히 말하면 그렇습니다."

"뭐 어떠한 부분인지 알고 있소. 그런데 미국의 입장에서는 그것이 최선이었단 걸 알아주었으면 하오."

"이해하고 있습니다."

케케묵은 이야기처럼 말하고 있었지만 결정적으로 한국이 일제 침략에 의해서 식민지가 된 일이 묵인되었던 건 눈앞에 있는 태프트의 밀약이 시발점이었다. 미국의 입장은 이해하지만 감정적으로는 아직 용납이 되지 않았다.

'그렇다고 지나간 일에 대해서 물고 늘어질 필요는 없지. 이해는 하되 절대로 잊지는 말아야지.'

"그런데 태프트 씨는 국립전쟁노동부의 협동의장으로 임명된 것으로 아는데, 캘리포니아로 오셔도 괜찮은 건가요?"

"그 직함은 여기로 오기로 결정하면서 사퇴했소."

"이유를 물어도 될까요?"

"표면적인 이유는 명문대를 만들기 위한 도전이고, 속내를 얘기하자면 정치적 상황과 연관되어 있소."

"……?"

"세계는 지금 통제되지 않는 일본에 불안감을 느끼고 있소."

중국에서 21개조를 받아들이자 이것을 기회로 삼아 일본은 세계의 열강들과 동급인 나라로 지위를 올리려 시도했다. 한창 전쟁 중이던 유럽은 물론이거니와 미국도 일본에 어떤 영향력을 발휘할 수 없었는데, 이것은 열강들의 심기를 거스르는 일이었다.

한편 1905년 미국은 밀약을 맺는 순간부터 일본을 통제하여 뜻대로 이용할 생각을 했지만, 지금은 걷잡을 수 없는 불길처럼 번지고 있는 일본이었다.

"견제 세력이 필요하다고 합의가 되었소."

"그럼?"

"미국은 비공식적으로 한인들을 지원할 것이오."

"문서화할 수 있습니까?"

"그렇소."

'일본이 마음에 들지 않으니 견제 세력으로 한인들을 선택했다. 그리고 문서도 만들어 주겠다고?'

"그럼 독립은?"

"향후 50년 내로 독립을 약속하겠소."

"50년……."

'독립을 약속했다는 것에 의미가 있는 건가?'

"정부에서는 최대한 시간을 길게 보고 50년을 제안한 것이오."

"흠……."

태프트를 보내 대찬에게 이 사안을 제안한 것은 미 정부가 굉장히 진정성 있게 접근하고 있단 뜻이었다. 태프트는 미국의 전대 대통령이었고 밀약을 맺었던 당사자다. 그를 보냄으로써 한인에게 사과한단 의미도 담겨 있는 것이다.

"좋습니다. 지원은 어디까지 입니까?"

"채텀제도, 뉴칼레도니아, 마지막으로 연해주까지 얻어 주겠소."

"그 외에 더 필요하다면요?"

"협의하면 되지 않겠소?"

"좋습니다. 그렇다면 한인들의 지도자들을 미국으로 초청할 테니, 그때 다시 한 번 회담하는 것이 어떻겠습니까?"

"좋소."

기본적인 내용이 구두로 합의되자 두 사람은 자리를 피해 줬던 프랭크를 다시 불렀는데, 프랭크가 더 긴장했는지 얼굴이 누렇게 떠서 룸으로 들어왔다.

이어서 식사가 들어오기 시작했고 가벼운 대화가 오갔다.

"그런데 얼마나 대학에서 교수직을 하실 건가요?"

태프트가 대학의 교수로 초빙되어 온 것은 일종에 위장이었기 때문에 궁금함이 생겨 물어보았다.

"흠, 그래도 1년은 해야 되지 않겠소?"

대찬은 잽싸게 프랭크에게 눈치를 줬다.

"그래도 1년은 너무 짧지 않을까요?"

"생각해 보겠소."

"그리고 교수진이 너무 얇아서 그러는데, 추천 좀 부탁드립니다."

"알겠소."

소기의 목적을 달성한 프랭크는 기뻐했고 식사는 고급스러운 정찬의 디저트를 마지막으로 끝났다. 이들은 다음 회담을 기약하며 헤어졌다.

집에 도착한 대찬은 서재로 가서 사할린으로 보낼 편지를 작성했다.

"이제 온 거예요?"

엠마는 하루 종일 대찬을 기다렸다.

"아, 미안해요."

"식사는 했어요?"

'왠지 먹었다고 하면 안 될 것 같아.'

"간단하게 간식을 먹었는데 배고프네요."

"그래요? 잠시만 기다려요. 같이 식사해요."

환해진 얼굴로 식당으로 가는 엠마를 보며 대찬은 깜짝 놀랐다.

'아직까지 식사도 안 했다고?'

대찬은 늦은 시간에 집에 들어온 자신을 탓했다.

'앞으로는 좀 일찍 다니고 신경을 쓰자!'

편지를 마저 쓰고 대기하고 있던 주영에게 사할린으로 보내 줄 것을 부탁한 뒤 퇴근시켰다. 그러고 나서 식당으로 내려갔다. 그곳에선 엠마가 분주하게 식사를 차리고 있었다.

"뭐 도와줄 것 없어요?"

"아니요. 잠깐만 기다려요."

엠마의 행동은 더 빨라졌고 준비가 끝나자 식탁에 마주 앉았다.

식탁에는 두 사람이 먹기에는 많은 음식이 있었는데, 짧은 시간 동안 혼자서 준비한 것들을 보고 대찬은 혀를 내둘렀다.

'이걸 어떻게 다 먹지?'

배가 불렀지만 절대로 티를 낼 수 없었다.

"잘 먹을게요."

최대한 맛있게 먹는 모습을 보이기 위해 대찬은 약간 과장하며 먹기 시작했다.

"이야, 정말 맛있네요. 엠마가 만들었어요?"

엠마는 환하게 웃으며 고개를 끄덕였다.

'어휴.'

속으로 한숨을 쉬며 최대한 먹을 수 있는 만큼 먹었다.

"아, 배불러!"

눈앞에 있던 음식을 힘들게 다 먹었다.

"더 줄까요?"

잔뜩 기대하고 있는 엠마의 눈빛에 대찬은 자동으로 고개를 끄덕였다.

'헉! 내가 무슨 짓을.'

다시 내온 음식을 먹다 목구멍 끝까지 음식물이 차는 것을 느끼곤 식사를 끝냈다. 소화가 되지 않아 침대로 이동하는 내내 속이 울렁거렸지만 어떻게 참아 내고 침대 위에 누울 수 있었다.

'아! 죽겠다.'

속이 부대낌을 느끼며 움직이면 역류할 것 같아 시체처럼 가만 누워 있기를 잠시, 엠마가 유혹하는 복장으로 나타나 대찬의 옆에 살며시 누웠다.

"자, 잠깐만……."

대찬은 토악질을 극복하고 엠마와 키스를 했다. 그리고…….

한 번의 비생산적 활동과 한 번의 생산적 활동을 하였다.

노글리키의 새로운 이름은 북동이었다. 이유는 간단했는데 국내에서 북동쪽에 위치했다는 이유로 북동이라고 불렀다.

정기적으로 꾸준히 사할린과 퀸샬럿 제도를 오가는 배들은 상당한 양의 물자들을 내려놓고 갔는데, 이 중에 특별한 표시로 밀봉되어 있는 것들은 모두 다 군수 물품이거나 무기였다.

광복군은 직접 배에 올라 사할린에 도착할 때까지 이것들을 관리, 감독했다.

"어?"

하역 작업을 감독하던 광복군은 이상함을 느꼈다.

"상자 하나가 모자라다!"

꼼꼼히 다시 한 번 세 보았지만 여전히 상자 하나가 없었다.

"빨리 보고해야겠다."

아메리칸
드림

북동항에는 광복군의 작은 주둔지가 있었는데, 북동을 보호하기 위해서였다. 이 역시도 외부에서는 잘 보이지 않게 위장해 있었다.

지휘소에 도착한 사내는 곧바로 보고했다.

"하역 작업을 하던 중에 이상한 점을 발견했습니다. 상자의 숫자가 하나 모자랍니다."

"뭐?"

"몇 번을 다시 세 보았지만 한 상자 모자랍니다."

"당장 비상 걸어! 검문검색하고!"

막사에 요란스럽게 종이 울리기 시작하자 각 소대장들은 지휘소를 찾아왔고 상황을 파악한 후 사라진 상자를 찾기 위해 북동 전체를 샅샅이 수색하기 시작했다.

"뭐가 들어 있던 거야?"

내용물은 항상 밀봉되어 있고 암호로 표시해 두었기 때문에 알 수 있는 방법이 없었지만, 마침 지휘소에서 보고받았던 지휘관은 암호를 알고 있었다.

'어디 보자. ㄱ, ㅡ, ㅁ, ㄱ, ㅗ, ㅣ, 금괴!'

"이런 젠장! 보고부터 해야겠다. 전령!"

지휘관은 당장 전령을 사령부로 보냈다. 암호문과 없어진 상자의 번호를 적어 금괴가 든 상자가 사라졌음을 보고한 것이다.

하지만 대승산 사령부까지는 건장한 사내의 빠른 발걸음으로 이틀 이상 걸렸으니 그 전에 찾기를 지휘관은 간절히 바랐다.

●

　한편 대승산 주둔지에서는 난리가 났다.
　"채응언 의병장을 구해야 합니다."
　채응언은 국내에서 의병 활동을 하며 유일하게 남아 있는
의병장이었다.

　─난신적자가 횡행하여 권세를 희롱하므로 송병준宋秉畯,
이완용李完用과 같은 7적賊 5귀鬼의 살점은 2천만 동포가 모두
씹어 먹고 싶어 한다.

　격렬한 격문을 보면 알 수 있듯이 채응언은 남다른 의협심
으로 똘똘 뭉친 인물이었다. 그는 평안남도 성천에서 빈농의
자식으로 태어나 대한제국의 육군보병부교로 근무하던 중
1907년 일본에 의해 강제로 군대가 해산하자 이진룡李鎭龍을
따라 의병 활동을 시작하였다.
　경술국치 이후에도 의병 부대 해산을 거부한 채응언은 김
진묵 의병대의 부장으로 활동했다. 소수 정예의 유격 전술을
효과적으로 운용해 여러 지역을 옮겨 다니면서 간헐적인 피
해를 주었는데, 주로 순사주재소와 헌병분견소를 공격하거

나 통신 시설 등을 공격해 통신이 원활하게 이루어지지 않도록 노력했다.

일본은 이 같은 활약으로 지방행정을 마비시킨 채응언을 골칫덩어리라 부르며 현상금을 내걸었다.

현상금을 내건 지 오랜 시간이 지났지만 채응언을 체포하지 못하였다. 그러던 중 1915년 7월 5일 군자금을 조달하기 위해 평남 성천군 영천면 처인리의 부호를 찾아갔다가 누군가의 밀고에 의해서 출동한 성천분대 요파출장소了坡出張所 일본인 헌병 전중롱웅田中瀧雄 외에 다수와 전투를 벌이다 부상을 입어 체포되고 말았다.

7월 8일 신한민보

자동차로 평양헌병대본부에 도착하였는데, 이 유명한 괴물을 보고자 하는 사람들이 골목골목 가득하여 시중 분잡이 대단하였더라. 채응언은 엄중히 수갑을 찼는데 보기에 한 40가량쯤 되었고 갈색 헌병복으로 튼튼한 몸을 찼으며, 사납고 겁 없고 담차고 고집 센 성질이 그 얼굴에 나타났더라. 얼굴은 포박할 때에 서로 싸운 까닭으로 난타되어 왼편 눈퉁이가 좀 상하여 거무스럼하게 부어올랐더라. 곧 유치장에 구금되었는데 반듯이 드러누운 대로 꼼짝도 아니하며 이미 운수가 다하였다 하며 태연한 모양이더라.

신한민보의 기사가 사할린에 전해지자 사령부에서는 채응언을 구하자며 난리가 났다.

"마지막 남은 의병장을 이대로 죽게 내버려 둔다면, 앞으로 두 번 다시 국내에서 의병 활동을 하는 자들이 나타나지 않을 것입니다."

"맞습니다. 그래야 국내에서 활동하는 인사들도 안심하고 활동할 수 있을 것입니다."

국내에서는 탄압에 의해서 명성 높은 사람들을 제외하고는 거의 활동할 수 없는 지경이었다. 그 명성 높은 사람들도 조금만 시간이 지나면 어떻게 될지 안심할 수 없는 상황이라 막 독립에 뜻을 품고 활동하려 하는 사람들은 어김없이 일본의 눈을 피할 수 없었다.

그러한 상황에서 내부 투쟁으로 가장 영향력 있는 의병장을 죽게 내버려 둘 수는 없었다.

만약 채응언을 구해 낼 수 있다면 내부투쟁에 새로운 바람이 불 것이다.

"구출하는 것도 쉽지 않은 상황이지만 여기서부터 평양까지 시간 내에 갈 수 있을지도 확신할 수 없습니다."

사할린으로 주둔지를 이전한 후 국내와 거리가 너무 멀어졌는데, 이는 황실을 구출할 당시 만주에 있었던 상황과는 매우 달랐다.

가만히 듣고 있던 이상설이 입을 열었다.

"우리 대한민국임시정부와 광복군이 서로 일치단결하여 구호로 내세우는 것은, 끝까지 살아남아 광복의 역사를 이루어 내자입니다. 그런데 저는 이번에는 반대로 살아남기 힘들더라도 꼭 해야 한다고 생각합니다."

평소에 군의 운영에 대해서 왈가왈부하지 않았던 이상설이 입을 열었기에 모두들 관심을 가졌다.

"이유가 있습니까?"

"광복군이 사할린으로 거처를 옮긴 지도 상당한 시간이 지났습니다. 물론 앞서 겪었던 전투로 인해서 알음알음 국내에 소식이 전해지고는 있지요. 하지만 국내에 있는 우리 민족은 광복군의 실체를 보지 못했기에, 궁핍하고 핍박받으며 힘들게 생활하는 그들은 그저 뜬구름 같은 이야기라고 생각합니다. 그래서 이번 채응언 의병장을 구출함과 동시에 광복군의 실체를 확인시켜 주어 우리 민족에 광복의 희망을 심어 주어야 한다고 생각합니다."

만주를 떠난 뒤 광복군은 없는 것이나 마찬가지였다. 근처에서 활동을 전혀 하지 않으니 오히려 알고 있는 사람이 헛소리한다고 치부하기 일쑤였다.

사랑하는 연인이라도 눈에서 멀어진다면 잊기 마련. 광복군 역시 조금은 잊히고 있었다.

다행히 만주에 거주하고 있는 한인들이 소식을 듣고 사할린으로 이주하기 시작했다는 것 외에는 정보의 교류가 거의 단절된 것이나 마찬가지였다.

"제 생각에도 이번에는 무조건 해야 합니다."

수뇌부의 대부분이 채응언 의병장을 구출해야 한다고 주장했다.

좌중의 이야기를 경청하면서도 결정을 내려야 하는 안중근은 고민이 깊었다. 반대 결정을 내려야 하는 이유는 상당히 많았다. 하지만 찬성을 한다면 그 이유가 많지 않았다. 성공할 확률이 지극히 낮은 상황에서 너무 무모한 모험이 아닌가 싶은 마음이 가장 컸다.

'그럼에도 시도해야 한다.'

안중근은 크게 숨을 내쉬었다.

"합시다."

결단에 오히려 엄숙해졌다.

이제껏 몸을 사리며 피 한 방울 쉽게 흘리지 않으려 노력했기에 격렬했던 분위기는 오히려 차분해졌다.

"보고!"

회의실에 난입한 사내가 큰 소리로 급한 일이 있음을 알렸다.

"무슨 일인가?"

"여기 있습니다."

북동에서 일어난 일에 대해서 소상히 적혀 있었다. 빠르게 눈으로 훑은 안중근은 바로 지시했다.

"지금 당장 2개 중대는 북동으로 가 지휘관의 지시에 따른다."

"알겠습니다."

전령은 이어 편지를 건넸다.

"금산 선생이 보낸 것입니다."

안중근은 이번에도 빠르게 읽어 내려갔다.

"허, 하필이면 이럴 때!"

"무슨 일입니까?"

"미국 정부와 협상하기 위해서 광복군에서 한인 대표를 뽑아 미국으로 보내 달라고 합니다."

"무슨 협상입니까?"

"한인 독립을 위한 거라고만 되어 있고 자세한 것은 나와 있지 않군요."

누군가 혀를 차며 말했다.

"쯧쯧, 시기가 좋지 않네요. 호사다마인가?"

"무엇이 호好입니까?"

"미국과 광복을 위해 협상하는 일이 호지요."

가만 앉아 이야기를 듣고 있던 홍범도가 버럭 화를 냈다.

"어찌 의병장을 구출하는 일이 마魔가 될 수 있소? 이것도 호好로 만들어야 되지 않겠소?"

사내는 홍범도의 호통에 깜짝 놀랐다.

"옳습니다. 제가 실언을 했습니다."

사내는 바로 잘못을 시인하고 용서를 구했다.

사내는 유생 출신이었는데, 전부가 그런 것은 아니었지만 그런 이들은 특이할 만한 공통점이 딱 한 가지가 있었다. 일본에 대해서는 비분강개하고 끝이 없는 분노를 보였지만, 성리학에 너무 몰두한 나머지 다른 부분에서는 젬병인 경우가 많았다. 그렇다고 수뇌부에서 제외할 수는 없는 것이, 나름대로 광복군 내부에서 정치를 해 자리를 얻어 내기 때문이었다.

"그것이 중요한 게 아닙니다. 일단 정리를 해 보도록 하지요. 먼저 채응언 의병장 구출 작전과 미국으로 갈 인사들을 정해야 할 것 같습니다."

"미국으로 갈 인사들은 행정적으로 유능한 사람이어야 할 것 같습니다. 보재(이상설) 님과 우당(이회영) 님, 도산(안창호) 님이면 될 것 같습니다."

"금산이 재형(최재형) 님도 미국으로 올 수 있도록 부탁하셨소. 이분들이 미국으로 가신다면 광복군 행정에는 문제가 없겠소?"

"백산(안희제) 님과 소창(신성모) 님, 그 외에 여러분들이 계시니 문제없을 겁니다."

호명된 사람들을 돌아보며 눈을 마주치자 고개를 끄덕였다.

"그럼 미국으로 가는 인사는 마치도록 하고 채응언 의병장 구출 작전을 계획해 봅시다."

수뇌부 회의실은 평양까지 이동 경로와 방식 그리고 파견 인원부터 시작해서 세세히 작전 계획을 수립해 나갔다.

태프트의 제안으로 모든 게 나중으로 미루어진 상황에서 철영은 다시 자신의 자리로 복귀했다. 그리고 탄띠, 전투 조끼, 카고 바지의 특허를 내고 바로 생산을 시작했는데, 새로 발표한 제품들 역시 선풍적인 인기를 끌었다. 하나 만드는 방식이 한눈에 보이기 때문에 각국에 라이선스를 주어 생산하게 만들었다.

"보스, 이거 한번 보십시오."

에릭이 한 장의 서류를 들고 달려왔다.

"뭔가요?"

"저번에 지시하셨던 공모에 지원한 제품입니다."

대찬은 무엇인지 궁금해 건네준 서류를 들고 보기 시작했다.

"이건!"

"역시 한눈에 가치를 알아보시는군요."

서류에 설명되어 있는 것은 볼펜이었다.

볼펜이 아직까지 개발되지 않아 대중적으로는 깃털 펜을 쓰거나 만년필 혹은 연필을 쓰고 있었는데, 뾰족한 펜촉에 종이가 쉽게 찢어져 불편함을 느끼고 있었다. 미래에서 흔한 볼펜의 원리를 모르는 사람은 많지 않았는데, 대찬은 그 흔하지 않은 부류에 속해 있었다. 방법을 몰라 불편함을 감수하고 어쩔 수 없이 필요에 의해 깃털 펜을 쓰고 있었지만 여간 불편한 것이 아니었다.

'통 끝에 구슬을 넣는구나.'

대찬은 처음 알게 된 사실에 허탈했다.

'이렇게 쉬운 거였다니!'

"당장 이 기획안의 주인을 불러오세요."

"알겠습니다."

새로운 인재를 발견했기에 대찬은 마음이 들떴다. 인재를 어떻게 써먹을지 고민하고 있을 무렵, 에릭이 데려온 사람은 나이 어린 소녀였다.

"개발자예요?"

"그렇습니다."

잔뜩 주눅 들어 있는 소녀에게 대찬은 인사를 건넸다.

"반가워요. 존 D. 강이라고 해요."

"메리, 아니 한지영이라고 합니다."

인사를 하고 슬쩍 에릭을 보았다.

"공장에서 일하는 노동자입니다. 이번에 공모를 보고 지원했다고 합니다."

"그렇군요. 지영 씨, 어떻게 이런 생각을 했어요?"

"사실은……."

지영은 사진 신부로 하와이에 도착해 바로 혼인을 할 예정이었다. 그러나 부푼 꿈을 가지고 하와이에 도착했을 때는 신랑으로 예정되어 있던 이가 불의의 사고로 이미 세상을 떠난 상태였다. 그러자 중매쟁이는 다른 사람을 소개해 주며 혼인을 권했지만, 모험심이 강했던 그녀는 혼인을 거부하고 미국 본토로 왔다.

그녀가 미국으로 오면서 가졌던 꿈은 원 없이 하고 싶은 공부를 하는 거였다. 그러나 공부를 하기 전에 수중에 돈이 떨어지자 먼저 돈을 벌 생각으로 공장 노동자로 일하고 있었던 것이다.

그러면서도 밤에는 꾸준히 공부를 했는데, 어느 날 깃털 펜에 의해 종이가 쉽게 찢어졌고 이를 해결할 방법이 없나 생각하던 찰나 주전자에서 물을 따라 마시다가 힌트를 얻게 되었다. 그렇게 연구 끝에 볼펜을 만들 수 있었던 것이다.

"지영 씨, 볼펜은 지영 씨 이름으로 특허등록이 될 거예요. 동시에 지영 씨에게 제안할 것이 있어요. 볼펜을 생산해서 판매를 할 것인데, 이를 허락해 주는 거예요. 물론 볼펜은 지영 씨 것이기에 일정에 사용료를 계속 지급할 거예요."

"네?"

특허의 개념은 생소한 부분이 있었기에 이를 설명해 주었다.

"이게 뭐라고……. 그 정도 값어치가 있을까요?"

"이런, 자신감을 가져요. 보잘것없는 이 물건으로 인해 세상이 바뀔 거예요."

"에이…… 설마요."

"하하, 계약서부터 쓰죠."

변호사를 대동하고 지영이 가진 권리에 대해서 로열티를 지불하는 것으로 계약서를 작성했다.

"여기에 서명하시면 돼요."

지영은 계약서를 읽어 보고 거침없이 서명하였다.

"자, 여기 계약금."

미리 준비해 놓은 계약금을 지영에게 지불하자 그녀는 가방을 열어 보았는데 너무 놀라 눈이 화등잔만 하게 커졌다.

"자신을 믿어요. 그게 믿기지 않는다면 나를 믿으세요. 그만한 가치가 있는 물건입니다."

"네, 네."

덜덜 떨리는 목소리로 얼이 빠진 표정이었다.

"책임지고 자택까지 안내해 주세요."

지번은 고개를 끄덕이며 지영을 안내했다.

"아참! 지영 씨, 공부가 끝나고 일할 생각이 있다면 나를 다시 찾아오세요."

번뜩이는 아이디어와 그것은 완성시킬 만한 추진력을 높게 샀는데, 시대적 배경과는 상관없이 능력이 되는 사람이라 대찬은 가까이 두고 쓰고 싶었다.

지영은 고개를 끄덕이며 밖으로 나갔다.

'만약에 온다면 최초의 여성 기업가가 되는 건가? 하하.'

새로운 인재가 나타난다는 것은 언제나 대찬을 즐겁게 했다.

아메리칸
드림

동북항을 중심으로 대대적인 수색이 벌어졌다. 지휘관을 제외하고는 상자에 무엇이 들어 있는지 아무도 몰랐지만, 미국에서 수송되어 오는 물건이라면 아주 중요하게 생각했기에 이유를 따지지 않고 적극적으로 수색했다.

"찾았나?"

고개를 저었다.

"없습니다."

"저쪽 구역도 없습니다."

"끄응."

답답한 마음에 신음이 절로 나왔다.

며칠을 더 수색했지만 여전히 물건의 행방은 오리무중이었다.

"독립! 수색 지원을 명령받았습니다."

보고하러 간 전령과 함께 광복군 2개 중대가 동북항에 도착했다.

"지금부터 동북항을 샅샅이 수색한다. 꼭 상자를 찾아야만 한다!"

"알겠습니다."

인원이 많아진 만큼 한꺼번에 많은 구역을 수색할 수 있었다. 그러나 시간이 지나도 상자를 발견했다는 소리는 나오지 않고 동북항에 거주하는 사람들이 불편을 호소했다.

"험악한 분위기 때문에 돌아다니기가 무섭습니다."

"도대체 뭘 찾는 겁니까?"

속 시원하게 이야기하고 협조를 구했으면 좋겠지만 공개할 만한 것이 아니었기에 지휘관은 속으로 앓는 수밖에 없었다.

"지금까지 수색 결과를 봤을 때 외부로 이동한 흔적이 있나?"

"없습니다."

"검문검색에서 특별한 것은?"

"역시 없습니다."

인구수가 얼마 되지 않는 북동은 조금만 튀는 행동을 하면 곧바로 눈에 띄게 마련이었다. 그런데 전혀 아무 일도 없었다는 듯이 이상 징후가 전혀 나타나지 않았다.

"어휴, 알겠네."

답답한 마음에 바람을 쐬러 밖으로 나오자 드넓은 바다가 시원한 바람을 불어 주었다.

"그래! 바다, 바다!"

그는 다시 지휘소로 들어가 전령에게 지시했다. 생각이 난 것을 확인해 보기 위해서였다.

"지금 당장 자맥질에 능통한 사람을 찾아서 항구로 집결한다."

"알겠습니다."

순식간에 전령이 달려 나갔다.

"어떻게 해서든 찾아낸다!"

다짐하며 최초 분실로 보고된 장소로 이동했다.

사할린의 여름은 짧다. 워낙 순식간에 지나가는 터라 따뜻한 날씨가 되지 않는다면 여름이 오는지도 모르고 지나 갈 수도 있었다. 따뜻해진 날씨가 되면 '뽀브라'라고 부르는 나무에서 가루가 날리는데, 이것이 여름이 시작되었다고 알리는 신호가 되었다.

"마침 수영하기에 좋은 날씨구나."

광복군의 기초 훈련에는 수영도 교육과정에 포함되어 있어 대부분 수영을 할 줄 알았는데, 그중에서도 특출하다 생각되는 사람들을 자체적으로 뽑아 보낸 것이 지휘관의 생각보다 숫자가 많았다.

"지금부터 최초 물자를 실어 나르던 배가 있는 이 장소부터 잠수해 수색한다. 질문 있나?"

"없습니다."

"그럼 최대한 안전에 유의하고 수색 활동을 한다."

"네!"

사할린의 주변은 큰 배가 정박할 수 없었는데, 수심이 얕아 배를 멀리서 대고 작은 배로 옮겨야만 했다. 이를 해결하기 위해서 항구를 만들고 있었지만 시간이 꽤 지난 다음에야 제대로 된 항구에 접안할 수 있을 것이다.

간단한 운동을 하고 쪽배를 타고 하역 장소로 가서 수색 활동을 위해 바다로 뛰어들었다.

며칠 동안 바다 속도 샅샅이 뒤지고 있었지만 여전히 상자는 발견되지 않고 있었다.

'분명히 바다에 있을 것 같은데.'

아집일 수도 있으나 지휘관은 뜻을 굽히지 않았는데 강력하게, 바다를 중심으로 수색하면 찾을 수 있을 것이라는 예감이 들었다.

언제까지 마냥 찾고 있을 수도 없었기에 지휘관은 옷을 벗고 바다에 뛰어들었다. 그렇게 수면 위를 오가기를 몇 번, 강력하게 오라 손짓하는 느낌에 이끌려 한 곳으로 이동했다.

'응?'

많지는 않지만 물고기가 한 곳에 우르르 몰려 있는 모습을 보고 알 수 있었다.

'찾았다!'

급하게 수면 위로 오르고 배를 불렀다.

"여기로 배를 가져와! 찾았다!"

말을 내뱉고 주변을 둘러보니 상당히 먼 곳에 홀로 떨어져 있었다.

'젠장, 이제 범인은 어떻게 찾지?'

언뜻 보기에도 상자는 깨져 있었다. 그 말인즉슨 누군가 내용물을 꺼내 갔을 가능성이 농후하다는 뜻이었다.

배가 도착하고 여러 사람이 투입되어 상자를 꺼내 뭍으로 옮겼을 때는 내용물의 절반 이상이 사라지고 없었다.

아메리칸
드림

'범인이 사할린에서 금을 쓸 일은 전혀 없다.'

사할린의 주변은 민가를 보기가 힘들었고 사람이 많은 곳이라고 해 봐야 북동이나 대승산 광복군 주둔지만 있었기에 금을 소유하고 있어 봐야 쓸 곳이 없었다.

'결국 일본으로 넘어가든지 연해주나 가야 쓸 수 있다.'

흔적이 전혀 남아 있지 않은 범인을 잡을 방법이 없었기에 지휘관은 이를 보고서로 작성하고 연해주를 감시하기를 요청했다.

볼펜은 선풍적인 인기를 끌기 시작했다.

가장 큰 장점으로 작용한 것은 꾹꾹 눌러 써도 종이가 찢어지지 않는다는 점이었는데, 기존의 깃털 펜을 고수하는 사람들에게는 별다를 호응을 얻지는 못했지만, 전쟁에 참전 중인 군인들에게는 인기였다. 가지고 다니기 간편하고 귀한 종이가 찢어지지 않았으며 연필과 달리 글씨가 물에 젖지 않아 명확하게 읽을 수 있었기에 여러모로 유용했다. 그래서 주로 군인들에게 필수 보급품으로 지급되기 시작했다.

볼펜의 초안에는 걸 수 있는 걸쇠가 없었으나 대찬이 걸쇠를 포함해서 제품을 생산했기 때문에 격렬한 전투 중에도 볼펜은 몸에서 떨어지지 않았다.

"대박입니다, 하하."

일주일에 한 번씩 열리는 수뇌부 회의의 화제 중심에는 볼펜이 있었다.

"저도 쓰고 있는데 아주 간편하고 깃털 펜과는 다르게 부담이 전혀 없습니다."

대량생산이 되는 공산품이었기 때문에 잃어버려도 쉽게 구할 수 있었다.

"지금도 보수적인 사람들은 깃털 펜을 쓰고 있지만, 앞으로는 볼펜이 필수가 될 것이라는 걸 확신할 수 있습니다."

낙관적으로 판단하며 칭찬 일색이었지만 불편한 점이 전혀 없는 것은 아니었는데, 아귀가 맞지 않는 곳에서는 잉크가 줄줄 새기 일쑤였다.

"자, 이번에는 우리가 볼펜을 더 발전시켜 봅시다."

"네?"

"문제점이 있으니 빨리빨리 개선하고 발전시켜야지 후발 주자들을 따돌릴 수 있지 않겠어요?"

좌중은 고개를 끄덕였다.

대찬 회사의 가장 큰 장점이라고 한다면 개선이 빠르다는 점이었다. 불편하거나 불량품이 생긴다면 이유를 파악해 바로바로 시정함으로써 믿고 쓸 수 있는 제품이라는 인식을 심어 주고 있었다.

"우선 볼펜 구슬의 불량으로 잉크가 새는 것을 막아야 해

요. 그리고 현재 볼펜에 사용하는 잉크는 너무 묽다는 생각
이 드네요. 마치 푸딩처럼 젤로 만들어 적당량이 구슬에 묻
어나게 만들어 보세요. 마지막으로 잉크의 색상을 다양하게
만들어 봐요."

철영은 고개를 끄덕였다.

"알겠습니다. 그런데 볼펜에 너무 과분한 투자가 아닐까
싶습니다."

대찬은 볼펜을 보자 펜시용품의 미래가 그려졌다.

세계 어느 곳을 가더라도 필기도구는 있었는데, 기록하는
것에서부터 시작한 인간의 역사는 필기와 떼려야 뗄 수 없는
관계였다.

"우리는 이것을 세계를 상대로 팔 생각을 해야 돼요."

"지금도 유럽에 수출하고 있습니다."

"아니요. 더 큰 세계! 이것은 지구에 존재하는 모든 사람
들에게 팔 수 있어요."

"가능할까요?"

"언제나 생각하는 것이지만, 제가 이 자리에 있는 것도 처
음에는 불가능했어요. 언제나 가능하다는 긍정적인 마음으
로 일해 봐요."

대찬은 과거의 일들이 생각이 났다.

피부색이 달라 수모를 겪었고 모든 것을 본인이 기획하고
하나부터 열까지 손을 안 탄 것이 없었지만 눈치가 보여 권

리를 주장할 수도 없었다.

'그렇게 힘들었는데…….'

지금은 전대 미국 대통령을 만날 수 있을 만큼 성공적였고 세간의 평가도 훌륭한 기업가였다.

과거를 떠올리다 보니 다른 한인들의 생활이 궁금했다.

"한인들의 생활은 어떤가요?"

"막 이주해 온 사람들을 제외하고는 대부분이 중산층 이상 이라고 알고 있습니다."

"중산층이라고 콕 집어서 말하는 것 보니 성공적으로 자리 잡은 사람이 많은 것 같네요?"

"그렇습니다. 특히 국민회에서 노력을 많이 하고 있습니다."

"국민회에서요?"

"한인들의 특기를 살려서 사업체를 일굴 수 있게 창업 투 자 회사를 만드시지 않았습니까?"

"맞아요."

"그 상담을 국민회에서 해 주고 있습니다."

"그럼 바로 창업 투자 회사로 오는 것이 아니었어요?"

"아닙니다. 국민회에서 사장님의 정책을 홍보하고 상담하 고 적절하게 이용해 한인들의 전체적인 생활수준을 끌어올 리려고 노력하고 있습니다."

지원하는 금액을 배분하는 사람이 철영이라고 생각했던 대찬은 뜻밖이었다.

아메리칸
드림

"철영 씨가 하는 것이 아니었군요. 그런데 국민회 소속은 어딘가요?"

"정확하게는 사할린의 대한민국임시정부 소속입니다."

"국민회에서 일하시는 분들의 생활은요?"

"신경 쓰고 있습니다."

혹시나 하는 마음에 물어보았는데 철영은 세세하게 관리하고 있었다.

"좋아요. 그럼 꽤 큰 한인 기업도 있겠네요?"

"여러 가지가 있지만, 그중에서도 혜화장이 설립한 신발 공장이 가장 크게 성공하고 있습니다."

"신발요?"

"한동안 혜靴(전통 신발)가 유행했는데, 혹시 보지 못하셨습니까?

"하하……."

"그 외에는 주류 사업과 비단 공장, 그릇 공장이 있습니다."

"주류 사업……."

대찬은 정수가 했던 말이 기억이 났다.

"진짜 돈 벌기 쉽습니다."

"그래? 그럼 좀 알려 줘 봐라."

"1920년 미국이 주류금지법안이라는 것을 만듭니다."

"그런데?"

"술만 만들어서 팔면 떼돈을 벌 수 있습니다."

"불법 아니야?"

"주류도 합법과 불법으로 나뉘어 있습니다."

"불법은 밀주를 말하는 것일 테고 합법은 뭐냐?"

"의료용으로 합법 판정을 받으면 계속해서 만들어 팔 수 있습니다."

"의료용?"

"네, 주류 공장을 만들고 주류 금지 시대가 오기 전에 의료용으로 허가를 받아 놓으면 계속해서 판매가 가능하니, 양지는 물론 음지의 돈까지 끌어모을 수가 있습니다."

"허, 가능해?"

"시대적으로 지금보다 감시가 많이 느슨할 테니, 충분히 가능합니다."

"그래? 하하, 내가 과거로 갈 일이 있으면 네 생각대로 해서 떼돈 벌어 보마."

"하하, 그럼 한몫 떼어 주실 겁니까?"

"그럼! 당연하지."

웃으면서 자신의 생각을 말해 주던 정수의 계획은 충분히 현실성 있었다.

"주류 공장을 만드세요."

"네?"

"서양의 술인 위스키, 브랜디, 보드카 등등을 만들어서 판매하세요. 그리고 청탁해서 의료용 제조 판매 허가도 받아 놓고요. 생산량은 많지 않아도 됩니다."

뜬금없는 지시에 어리둥절했지만 이내 알겠다고 수긍했다.

●

"영화 보러 가요!"

외출 준비를 다 하고 대찬에게 와서 영화를 보러 가자고 조르고 있는 사람은 엠마였다.

"영화?"

"네! 이번에 찰리 채플린의 영화가 나왔는데, 그게 그렇게 재미있대요."

유명한 희극배우인 찰리 채플린의 명성은 현재보다 미래에서 더 유명했기에 대찬 역시 찰리 채플린을 알고 있었다.

현재 영화의 기술을 확인하고 싶은 마음에 흥미가 생겼다.

"좋아요. 가요."

극장에 도착하자 화면 앞의 일반 좌석이 아닌 프라이빗 룸으로 안내되었는데, 화면이 잘 보이는 2층에 위치하고 있었다.

"큭큭."

엠마는 재미있는지 화면을 보고 웃기 시작했는데 대찬의 입장에서는 조잡하기 그지없었다. 하지만 한참을 유머와 동

떨어진 생활을 하다 보니 어느 순간에 자신도 모르게 웃고 있었다.

약 30분의 시간이 지나자 '해변가에서'라는 제목의 영화는 막을 내렸다. 그리고 다른 제목의 영화가 상영되었는데 이번 에는 '은행'이라는 제목이었다.

영화관에서 나온 엠마는 대찬의 옆에 팔짱을 끼고 몸을 기 대어 왔다.

"재밌었어요?"

"네."

"우리 기회가 되면 찰리 채플린을 한번 만나 볼까요?"

"정말요?"

아이 같은 표정으로 되묻는 엠마를 사랑스러운 눈빛으로 바라보았다.

"그럼요. 마침 우리 회사에 영화를 개발하시는 분도 있으 니 언젠가는 영화 사업도 할 것 같아요. 그러니 꼭 만날 수 있는 기회를 만들어 볼게요."

"고마워요."

"아니에요. 그리고 우리 자주 이렇게 데이트해요."

"네!"

to be continued

아메리칸
드림

총상금 3억7천만원

대한민국
웹 소 설
공모대전

문피아에서 주최하는
제1회 대한민국 웹소설 공모대전

당신의 상상력
문피아에서 하나의 세계가 됩니다

접수기간 · 2015년 3월 16일 ~ 2015년 5월 15일
참가방법 · 문피아 홈페이지(www.munpia.com) 참조

장르문학의 유토피아, 글세상 문피아

ROK
MEDIA

AMERICAN DREAM

금선 장편소설

아메리칸 드림

**아메리칸드림과 독립을 한꺼번에!
더 이상 대한민국에 흑역사는 없다!**

대한민국 특전사 강대찬
1903년 하와이의 어린아이가 되다!

하와이 이민자들의 힘든 삶
인종차별, 망국의 설움을 극복하고자
어린 나이지만 사업을 시작한 대찬
종이컵, 냉장고, 라디오부터 관광호텔, 유통, 군수 사업까지
돈 되는 특허와 사업은 싹쓸이해
미국의 돈이란 돈은 다 쓸어 담는데……

**아메리카가 별거냐!
한번 돈지랄 좀 해 볼까?**